Christian Weise

Bauernkomödie von Tobias und der Schwalbe

Aufgeführt im Jahre 1682

Christian Weise

Bauernkomödie von Tobias und der Schwalbe
Aufgeführt im Jahre 1682

ISBN/EAN: 9783743646346

Hergestellt in Europa, USA, Kanada, Australien, Japan

Cover: Foto ©Andreas Hilbeck / pixelio.de

Weitere Bücher finden Sie auf **www.hansebooks.com**

Bibliothek

deutscher Curiosa.

V. Band:

Von Tobias und der Schwalbe.

Berlin,

Verlag von A. Hofmann & Comp.

1882.

Christian Weise's

Bauern = Komödie

Von Tobias und der Schwalbe.

Aufgeführt im Jahre 1682.

- - -

Mit einer Einleitung herausgegeben

von

Rudolph Genée.

Berlin,

Verlag von A. Hofmann & Comp.

1882.

Einleitung.

Im Vorwort zum 4. Bändchen dieser Collec-
tion war der Grundsatz ausgesprochen, bei der
Auswahl nicht viel über 100 Jahre in der Zeit
zurückzugreifen. Wenn wir in der Ausgabe des
vorliegenden Schwankes von jenem Grundsatze ab-
weichen, indem das hier publicirte Stück gerade
200 Jahre alt ist, so hoffen wir doch, daß der
Leser mit dieser Ausnahme nicht unzufrieden sein
wird. Der Uebelstand der veralteten Sprache ist
dabei insofern beseitigt, als wenigstens in der Orthographie dasjenige verändert ist, was das Lesen
nur erschweren würde. Das der frühern Zeit an-
gehörende Colorit wird dadurch nichts verlieren.

Unter die litterarischen Curiosa sind jedenfalls
auch die verschiedenen deutschen Peter Squenze
zu zählen, welche als Nachahmungen der Shakespeare'schen Handwerker-Komödie im „Sommernachtstraum" im 17. Jahrhundert bei uns erschienen
sind. Die bedeutendste dieser Nachahmungen, die
dem Gryphius zugeschriebene »Absurda comica«,

ist auch in weitern Kreisen bekannt geworden, während man über die zwischen Gryphius und Shakespeare liegenden Possenspiele des gleichen Stoffes bisher nicht viel mehr hat ermitteln können, als was Gryphius selbst über das von ihm über= arbeitete Stück von Daniel Schwenter berichtet, und was Joh. Rist und J. B. Schuppius über frühere Aufführungen eines derartigen Spiels ge= legentlich zu erzählen wußten. Viel weniger be= kannt, als des Gryphius »Absurda comica«, ist das Weise'sche lustige Nachspiel, welches dieselbe Idee behandelt, aber viel selbständiger, als seine Vor= gänger.

Schon die Vergleichungen mit Gryphius und mit Shakespeare dürften daher ein allgemeines Interesse für diese Komödie erregen. Aber sie hat auch für sich selbst durch die zwar derbe aber echte und vollsaftige Komik und durch den treffenden Witz, der sie auszeichnet, vollen Anspruch, der Vergessenheit entzogen zu werden.

Christian Weise, geboren 1642 in Zittau war seit 1678 Rector des Gymnasiums seiner Vater= stadt, und hat diesem Amte beinahe dreißig Jahre bis kurz vor seinem Tode (1708) vorgestanden. Vorher war Weise einige Jahre als Professor der Politik, Eloquenz und Poesie in Weißenfels ange= stellt gewesen, und schon in jener Zeit hatte er neben der Ausübung seines Lehrberufes eine große schriftstellerische Thätigkeit entwickelt. In jene Zeit fallen seine moralisirenden populär=philoso=

phiſchen, zum Theil ſatiriſchen Schriften: „die drei Hauptverderber", „die drei Erznarren", „die drei klügſten Leute", und „der politiſche Näſcher". In allen dieſen Werken zeigt ſich ſchon Weiſe's ſcharfer klarer Verſtand, ſein geſunder Blick für das reale Leben und ſein gefälliger Witz, mit welchem er geſellſchaftliche Thorheiten ironiſirte.

Seine Hauptthätigkeit aber entwickelte er auf dem dramatiſchen Gebiete, namentlich ſeit ſeiner Anſtellung in Zittau. Von ſeinen Schauſpielen ſind uns etwa dreißig im Druck erhalten; aber er ſelbſt erklärte 1705 (im Vorwort zum „Curieuſen Körbelmacher"), daß von ſeinen Schauſpielen, die er zur Uebung ſeiner Schüler habe geſchrieben und aufführen laſſen, nicht der vierte Theil ge= druckt worden ſei. Von vielen dieſer ungedruckten Stücke ſind die Handſchriften erhalten, von andern wiſſen wir nur die Titel, und wann ſie in Zittau zur Aufführung gekommen ſind.

Um Weiſe als dramatiſchen Dichter ganz zu würdigen, müſſen wir uns vergegenwärtigen, in welchem Zuſtand das Theater und die dramatiſche Poeſie ſeiner Zeit ſich befand. Seit den um 1600 beginnenden rohen Nachahmungen der durch die engliſchen Komödianten eingeführten blutigen Ac= tionen und Clowns= oder Pickelhärings=Späße war das Schauſpiel in dieſer Richtung immer tiefer geſunken. Während das Volkstheater ſich ſelbſt überlaſſen blieb und immer mehr verwilderte, hatten die gelehrten Dichter, welche auch die

dramatische Form benutzten, dem praktischen Thea=
ter stolz den Rücken gekehrt und begnügten sich
damit, ihre dramatischen Poesien drucken zu lassen.
So kam es, daß in der zweiten Hälfte des 17. Jahr=
hunderts an den deutschen Höfen, welche eigene
Theater hielten, ausschließlich jener Mischmasch
von Musik, schlechten Versen, Ballet und Ma=
schinen=Künsten gepflegt wurde, welchen man
Oper, Singe=Komödie, singendes Schauspiel,
Singe=Ballet oder Singe=Spiel nannte.

Auch Christian Weise hatte sich mit seinen
Stücken nicht direkt an das eigentliche Volkstheater
gewendet, sondern schrieb alle seine Stücke zunächst
nur, um dieselben von den Schülern seines
Gymnasiums aufführen zu lassen. Dabei hatte
er es keineswegs auf bloße Unterhaltung abgesehn.
Indem er die Zuschauer zu belehren trachtete,
suchte er seine Schüler durch solche Vorstellungen
zu üben, in der Sprache, im Stil und selbst in
den angemessenen Bewegungen. Er selbst schreibt
einmal darüber: „Ich habe die Gewohnheit, daß
ich auch bei meinen Exercitiis oratoriis ein kleines
Theatrum gebrauche, da sich die Redner mit dem
ganzen Leibe präsentiren müssen, wie sie dermal=
eins im theologischen oder politischen
Theatro mit ihrer Person auskommen sollen.“
Weil er aber bei seinen Schauspielen so viel als
möglich Schüler beschäftigen wollte, so suchte er
durch ein umfangreiches Personal diesen Zweck zu
erreichen und brachte dabei in seine Stücke ge=

wöhnlich eine große Menge überflüssiger Personen. Er sagt einmal in einem Nachwort zu einem seiner Schauspiele: Die Rücksicht auf sein Gymnasium — „indem man bei der ziemlichen Frequenz keinen versäumen will" — nöthige ihn, die Spiele mit mehr Personen aufzuführen, als sonst die Regeln zu verstatten pflegen. Der Schulzweck, der die Stücke hervorgerufen, war auch eine gewisse Hemmung für seine dichterische Thätigkeit geworden, wiewohl er in den meisten seiner Schauspiele über das Begriffsvermögen der Schüler weit hinausging.

An einer andern Stelle klagt er darüber, daß die Welt „sich in Opern und andere theatralische Dinge verliebt habe", die der Jugend zu keinem Nutzen gereichten, indem bei der Musik und den Dekorationskünsten das Publikum wenig auf den Sinn der Handlung achte.

Aber nicht nur in diesem Sinne suchte er auf Schüler und Zuhörer einen wohlthätigen Einfluß zu gewinnen. Eine seiner Hauptbestrebungen war gegen die Unnatur und das Lächerliche einer schwülstigen und mit Metaphern überladenen Redeweise gerichtet. In diesem Sinne hat er mit voller Absicht die entschiedenste Opposition gegen die gesuchte und den eigentlichen Sinn verdunkelnde Ausdrucksweise der Schlesischen und Pegnesischen Dichter gemacht. Er hat nicht nur in seinen sämmtlichen Stücken an der Prosa-Rede festgehalten, sondern suchte dabei vor Allem auch die Natürlichkeit des Ausdrucks wieder zur Geltung zu bringen. Er führt einmal einige Beispiele an, welche den von ihm bekämpften Schwulst der Rede treffend charakterisiren. Er schreibt: „da sagt ein Liebhaber nicht: Mein Engel, ich werde die Ehre haben, mit Ihr zu spazieren; sondern es heißet: Einzige Ueberwinderin meines Herzens-Castelles, soll das glückbeflammte Rad des hohen Himmels so glückselig sein, unsere Schatten auf den grünbestickten Teppich des blühenden Feldes zu werfen?" Nach andern ähnlichen Beispielen folgert er eben so einfach wie treffend: „Je natürlicher etwas gebracht wird, desto lebhafter fällt es ins Gehör."

Daß bei diesem auf das Natürlichste des Ausdruckes gerichteten Bestreben Weise's seine Sprache oft allzu „natürlich" ausfiel, kann nicht geleugnet werden. Er war überhaupt eine vielmehr reflektirende als poetische Natur. Aber in allen seinen Raisonnements über das Schauspiel zeigt er sich als ein durchaus selbständig denkender Kopf. Er mühete sich weder um die Gesetze des Aristoteles noch um die namentlich von Opitz angenommenen dramaturgischen Theorieen des italienischen Philologen Scaliger. So selbständig Weise in seinen dichterischen Produktionen sich zeigt, so gehen auch alle seine über das Wesen des Dramatischen geäußerten Grundsätze aus seinem eignen Denken, seinen selbständigen Beobachtungen hervor. Fast alle seine im Druck erschienenen Stücke begleitete er mit einigen Betrachtungen über gewisse bei der

Schauspiel-Dichtung zu beobachtende Grundsätze. Nirgends ist er dabei pedantischer Theoretiker, sondern überall leitet er seine Grundsätze aus den eigenen praktischen Erfahrungen her. Einmal unterscheidet er zwischen den Stücken eigener Erfindung und denen, welche historische Stoffe behandeln. Er sagt dabei u. A.: Selten wäre eine gegebene Historie so reich an Umständen, daß man nicht etwas dazu dichten und etliche Personen einführen müßte, die in Wirklichkeit nicht dabei gewesen sind. Dabei aber käme es darauf an, die Sache so glaubhaft zu machen, daß die auf Wahrheit beruhende Geschichte dadurch nicht geschädigt werde. Ein andermal, gelegentlich eines biblischen Schauspiels, rechtfertigt er sich wieder ausdrücklich, daß er für die Dramatisirung dieses Stoffes Personen und Dinge habe hinzudichten müssen. Aber die Freiheit des „Gedichtes" bringe es so mit sich, „daß man dasjenige nach Gefallen suppliret, was bei dem Geschichtsschreiber als unnöthig ausgelassen worden. Denn die Aktion muß vollkommen sein, muß ihre Affekten, ihre Intriguen und endlich ihren unverhofften Ausgang haben."

Das Alles klingt uns jetzt sehr einfach und beinah selbstverständlich. Aber für jene Zeit, in welcher das Schauspiel des wirklichen Theaters von dramatischen Formen und Bedingungen nichts wußte, hatte es eine entschiedene Bedeutung, daß ein Mann wie Weise selbst über die Dinge nachdachte, daß er aus seinen eigenen Beobachtungen

ſich gewiſſe Regeln ableitete, während noch fünfzig
bis ſechszig Jahre ſpäter die Geſetze des Ariſtoteles
und Scaliger zu den wunderlichſten Mißverſtänd=
niſſen führten.

Sowie Weiſe's dramatiſches Talent am be=
deutendſten im Komiſchen ſich zeigte, ſo ſind
auch ſeine Unterſuchungen über die luſtige Figur
des Theaters von beſonderem Werthe. Die Zoten
und gemeinen Poſſen des Pickelhäring ſtanden
damals in vollſter Blüte. Sowie Weiſe gegen die
Sinnloſigkeit des damaligen Opernweſens ſich auf=
lehnte, ſo erkannte er auch ſehr wohl, daß im
Volkstheater die Herrſchaft des Pickelhäring zu
hoch geſtiegen war. Wie er aber ſtets ſein Auge
auf das reale Leben und auf die praktiſchen Be=
dürfniſſe gerichtet hatte, ſo konnte es ihm auch
nicht in den Sinn kommen, dem Volke die Er=
heiterung zu mißgönnen, welche ihm durch die
Pickelhärings = Späße bereitet wurde. Aber er
ſuchte der komiſchen Volksfigur ihren Wirkungs=
kreis einerſeits zu beſchränken, anderſeits ihr eine
tiefere Bedeutung zu geben. Er wollte, daß die
komiſche Figur, inſofern ſie in einer ernſten Hand=
lung erſcheint, zu dieſer in eine innere Beziehung
gebracht werde; er wollte, daß der Pickelhäring
in ſolchen Fällen einen ſatiriſchen Kommentar zu
der ernſten Handlung gebe und die ſatiriſche In=
klination, welche im Allgemeinen im Menſchen
liege, mit ſeiner Perſon vertrete. Dieſen Gedanken
hat Weiſe z. B. in ſeiner komiſchen Figur des

„Allegro" in der Tragödie „Masaniello" in wirklich ausgezeichnet geschickter Weise ausgeführt. Im Allgemeinen war aber unser Dichter auch eine viel zu gesunde Natur, als daß er dem harmlosen Spaß, auch wo demselben eine satirische Tendenz nicht gegeben ist, hätte abgeneigt sein sollen. In der ausgelassensten und derbsten seiner Possen, eben in der dem Leser hier dargebotenen Komödie „von Tobias und der Schwalbe" nimmt er einmal (im letzten Akte) Gelegenheit, sich darüber eingehend zu äußern in dem Gespräche, welches hier die beiden gräflichen „Hof=Räthe" darüber führen. Wie geschickt hat er es auch hier verstanden, die Kritik über die Ungeschicklichkeit der bäurischen Komödianten mit seinem Urtheil über die Berech= tigung einer harmlosen Erheiterung in Eins zu verschmelzen. Auch daß er bei allen seinen Stücken zunächst pädagogische Zwecke verfolgte, konnte ihn nicht dazu verleiten, darin eine trockene Lehrhaf= tigkeit auszukramen, sondern er suchte den lehr= haften Zweck stets durch das Mittel einer gefälligen Unterhaltung zu erreichen.

Weise's Schauspiele wurden in den Schulen, namentlich in sächsischen Städten, viel aufgeführt, noch bis gegen die Mitte des 18. Jahrhunderts. Das öffentliche Volkstheater hatte aber viel zu wenig davon profitirt. Weise selbst sagt einmal, noch im Jahre 1708, in einem Vorwort: Er habe in seinem Leben nur einmal eine seiner Komödien auf einem „fremden Theater" gesehn; aber er lief davon, ehe der letzte Akt beginnen sollte, so schlecht seien die Reden von den Darstellern „accentuiret" worden.

Wie wir aus den Vorworten ersehn, mit denen Weise die meisten seiner Stücke oder der unter verschiedenen Titeln erschienenen Sammlungen begleitete, wurde er nicht müde, aus den praktischen Erfahrungen immer neue Anschauungen über die Schauspiel=Dichtung abzuleiten. Wir können aber auch aus seinen Stücken ersehn, wie gut er die gewonnenen Anschauungen verwerthete. Während er in seiner Komödie vom „bäurischen Macchiavell", trotz der guten Intention, noch sehr unbehilflich in der scenischen Anordnung ist, lassen die Stücke seiner letzten Periode gerade in der dramatischen Technik sehr bedeutende Fortschritte erkennen. Dies gilt besonders vom „Curieusen Körbelmacher" (1705), ein Schauspiel voll beweglicher und ansprechender Handlung, und dabei so verständig in der scenischen Komposition, daß es in jener Zeit noch als ein Unicum erscheint.

Ich will hier nicht unerwähnt lassen, daß ich mit meiner Beurtheilung Christian Weise's im Widerspruche stehe mit den meisten unserer Litterarhistoriker. Es liegt mir fern, gegen die wegwerfenden Urtheile derselben hier polemisiren zu wollen. Die trefflichen Eigenschaften, die in seinen Dichtungen mich für ihn einnehmen, machen mich auch keineswegs blind gegen seine Fehler. Ich glaube aber, man hat auf diese Fehler bisher ein zu starkes Gewicht gelegt und damit seine wirklich hervorragenden guten Eigenschaften allzusehr in den Schatten gestellt.

Was nun die in dem vorliegenden Bändchen mitgetheilte sehr derbe Komödie Weise's betrifft, die er selbst als ein „lustiges Nachspiel" bezeichnet, „wie etwan vor diesem von Peter Quenz aufgeführt worden", so erkennen wir sowohl aus diesem Hinweis auf das Urbild, wie auch aus seinem auf dem Titel des Bandes („Zittauisches Theatrum") gebrauchten Ausdruck »absurda comica«, daß ihm dabei der „Peter Squenz" des Andreas Gryphius vorgeschwebt hat. Die Vorgeschichte der Gryphius'schen Posse kann ich an dieser Stelle nicht ausführlich darlegen *), und will nur in aller Kürze die Hauptmomente in dieser noch nicht ganz aufgeklärten Geschichte bezeichnen.

Daß Gryphius nicht direkt aus Shakespeare's Handwerker-Komödie geschöpft hat, beweist sein eigenes Vorwort, in welchem er sich nur auf den Nürnberger Mathematiker Daniel Schwenter beruft. Wir sehn aber zugleich aus diesem Vorwort, daß Gryphius nur sehr geringen Antheil an dieser

---

*) In neuester Zeit hat Fritz Burg in Straßburg in einer Abhandlung „Ueber die Entwickelung des Peter-Squenz-Stoffes bis Gryphius" (Zeitschrift für deutsches Alterthum und deutsche Litteratur. Berlin 1881.) die Frage am eingehendsten erörtert. — Im Uebrigen muß ich hier auf meine „Lehr- und Wanderjahre des deutschen Schauspiels" (A. Hofmann u. Co., 1882) S. 308—314 verweisen.

Komödie hat. Er selber deutete dies u. A. auch dadurch an, daß er besagtes Vorwort nicht mit seinem Namen unterzeichnete, sondern mit dem Pseudonym: »Philip-Gregorio Riesentod.« Da, so heißt es darin, der hochberühmte Peter Squenz „bisher auf unterschiedenen Schauplätzen belacht worden", so hätten sich auch welche gefunden, die sich für seinen Vater auszugeben weder Scheu noch Bedenken getragen. Damit nun solche Anmaßung nicht länger fortbestehe, so erklärt Gryphius, „daß der um ganz Deutschland wohl= verdiente . . . Daniel Schwenter selbigen zum ersten zu Altdorf auf den Schauplatz geführet." Er aber — Gryphius — habe ihn „besser ausge= rüstet, mit neuen Personen vermehret" u. s. w.

Daniel Schwenter, ein geborner Nürnberger, war ein bedeutender Mathematiker und Professor zu Altdorf bei Nürnberg. Andr. Will im Nürn= berger Gelehrten=Lexikon sagt von seinem „Peter Squenz": „Andreas Gryphius hat es herausge= geben, es ist aber nicht seine, sondern unsers Schwenter's Arbeit." Es scheint hiernach, daß Schwenter's Stück nur in der Gryphius'schen Be= arbeitung gedruckt worden ist, und eine Hand= schrift davon kennt man bis jetzt nicht. Jedenfalls aber stellt sich aus des Gryphius eigener Angabe heraus, daß man in neuerer Zeit seinen Antheil an dieser Posse weit überschätzt hat, ja daß es als ein Gryphius'sches Opus kaum gelten kann. Ob nun Schwenter direkt aus Shakespeare geschöpft

hat, oder aus einer nach Shakespeare erschienenen
Bearbeitung der Handwerker-Komödie, mag da-
hingestellt bleiben. Nicht unwahrscheinlich ist es,
daß er die Farce von englischen Komödianten, die
auch in Nürnberg waren, hat aufführen sehn.
Dies hätte dann aber noch eine andere Bearbeitung sein müssen, als diejenige, welche unter dem
Titel »Bottom the weaver« von Cox herausgegeben
wurde, und in welcher ebenfalls die ganzen Hand-
werker - Scenen aus dem „Sommernachtstraum“ zu-
sammengezogen und zu einem besondern Possenspiel
bearbeitet worden sind. Auch eine holländische
Bearbeitung desselben Stoffes (»Kluchtighe Tra-
goedie«) von Gramsbergen erschien erst 1650 im
Druck. Diese und der „Peter Squenz“ von Schwenter
scheinen aus einer gemeinsamen Quelle geschöpft
zu sein. Daß ein derartiges Possenspiel schon in
der ersten Hälfte des 17. Jahrhunderts auch von
deutschen Komödianten aufgeführt wurde, ist
durch eine Beschreibung beglaubigt, welche Joh.
Rist gelegentlich davon macht. Nach dieser Beschreibung kann dies aber nicht Schwenter's Komödie gewesen sein, sondern ein ungleich roheres
Machwerk, voll der widerwärtigsten Uebertreibungen und Pickelhärings-Zoten. Aber auch der
Dichter Schuppius erwähnt einmal einer derartigen Aufführung, welche in Nürnberg stattge-
funden haben soll, und dies konnte wohl Schwenter's Komödie gewesen sein.

Für Christian Weise's Bauernkomödie, welche

1682 aufgeführt wurde und im nächſten Jahre
im Druck erſchien*), hatte jedenfalls nur der
Schwenter = Gryphius'ſche „Squenz" die Anregung
gegeben; aber in der That nur die Anregung,
denn Weiſe's Stück iſt eine vollkommen originale
Arbeit, welche mit Schwenter = Gryphius und mit
Shakeſpeare nur die Grundidee gemein hat: daß
einige ungeſchickte Leute vor hohen Herrſchaften
eine Komödie aufführen wollen und dabei ſowohl
Thiere als auch lebloſe Gegenſtände durch Men=
ſchen darſtellen laſſen.

Während bei Schwenter = Gryphius nicht nur
die Komödie von Pyramus und Thisbe, wenn auch
in etwas veränderter Form, beibehalten iſt, und
während auch ſonſt faſt alle komiſchen Dialog=
pointen Shakeſpeare's, aus der Vorberathung und
aus der Probe, darin wiederzuerkennen ſind, ent=
hält die Weiſe'ſche Komödie nicht eine einzige
Stelle, welche an Shakeſpeare erinnerte. Statt
der Tragödie von Pyramus und Thisbe läßt er
die Geſchichte von „Tobias" aufführen, und ſowohl
die vorausgehende höchſt poſſierliche Konkurrenz

---

*) Sie iſt das dritte Stück in dem Bande, welcher unter dem
Titel herauskam: „Chriſtian Weiſens Zittauiſches Thea=
trum, wie ſolches Anno 1682 präſentiret worden, beſtehend in
drei unterſchiedenen Spielen. 1. Von Jacobs doppelter Heyrath.
2. Von dem Neapolitaniſchen Rebellen Masaniello. 3. In einer
Parodie eines neuen Peter Squenz von lauter Absurdis comicis.
— Zittau, in Verlegung Johann Chriſtoph Miethens, Druckts
Michael Hartmann, 1683."

der dramatiſchen Autoren, wie auch die ſpätere Ver=
folgung, welcher der mit ſeinem Schauſpiel ſo
kläglich verunglückte Bonifacius Lautenſack aus=
geſetzt iſt, endlich auch alle Figuren des Stückes,
ſind Weiſe's Eigenthum. Wenn wir ihn nicht mit
Shakeſpeare, ſondern nur mit Schwenter=Gryphius
vergleichen, ſo verdient ſeine Poſſe in manchen
Dingen den Vorzug. Wenn ihm, im Vergleiche
mit Shakeſpeare, deſſen unvergleichliche rührend=
komiſche Geſtalt des guten Zettel ganz fehlt, ſo
hat er dafür in ſeinem Kirchenſchreiber Bonifacius
Lautenſack eine nicht nur wahrhaft komiſche ſon=
dern auch in der Charakteriſtik trefflich durchgeführte
Geſtalt ganz eigener Erfindung gegeben. Ueber=
haupt zeigt ſich Weiſe's durchaus ſelbſtändiges
ſchöpferiſches Talent in dieſer Poſſe wie in allen
ſeinen Stücken. Hier iſt ſeine Selbſtändigkeit um ſo
höher anzuſchlagen, als er dabei im „Peter Squenz"
ein ſo fertiges Vorbild hatte, und dennoch von
demſelben außer der ganz allgemeinen Idee nicht
das Geringſte benutzte.

Gottſched, der dieſe volle Urſprünglichkeit des
realiſtiſchen Dramatikers nicht ganz zu würdigen
wußte, ſpricht deshalb auch einmal geringſchätzend
von ſeinem „ſelbſtgewachſenen Witze." Weiſe beſaß
eben einen ungemein ſcharfen Blick für den Humor
des ihn umgebenden kleinbürgerlichen Lebens, und
deshalb ſteht er auch in dieſer Gattung von
Stücken ebenſo bedeutend da, wie der um 150
Jahre ältere Hans Sachs in ſeinen Faſtnachtſpielen.

Trotz seiner stark satirischen Ader zeigt sich sein wohlwollender Charakter in der gutmüthigen Art, mit der er auch die von ihm lächerlich gemachten Personen behandelt. So nimmt er sich auch des Bonifacius, als diesem nach dem Scheitern seines gewagten Unternehmens Alle zu Leibe wollten, gutherzig an und läßt nicht nur ihn für seine Mühe und die ausgestandene Angst reichlich belohnen, sondern auch seinen Sohn Pancratius, der gleich in der ersten Scene sich als der Verständigste zeigt, zu Ehren und zu einer Frau kommen. Trotz des derb Possenhaften in den ganzen Vorgängen werden dem aufmerksamen Leser die mancherlei satirischen Züge und Witzpointen im Dialog nicht entgehen.

Eine gewisse Vorliebe hatte der Dichter in diesen Schwänken für Prügelscenen. Warum sollten wir dieselben, als einen charakteristischen Zug seiner Zeit, nicht ebenso gut acceptiren, wie wir's bei den Bauern=Gemälden niederländischer Meister thun? Im Interesse des Total=Eindruckes seiner Komödie ist es zu bedauern, daß er einige Male in der Caricatur zu weit geht und damit den Eindruck abschwächt. Da es mir bei meiner Publikation des Stückes nur darauf ankam, die starke komische Kraft Weise's zu zeigen, nicht aber auf eine bis aufs Wort getreue Wiedergabe des ganzen Textes, so habe ich mir einige Weglassungen solcher Uebertreibungen gestattet, und diese Weg= lassungen betreffen gerade solche Scenen, in denen

er ganz überflüssige Personen anbrachte, nur um
möglichst viele seiner Schüler darin zu beschäftigen.
Dazu gehören die beiden Weiber Walpe und Talpe,
in denen er übrigens wohl auch gewisse ehrgeizige
Mütter seiner eigenen Schüler mag parodirt haben.
Auch die Schlußscenen des dritten Aktes, nach der
Prügelei mit der Schwalbe, habe ich gekürzt. Ab=
gesehen von diesen Weglassungen einzelner Scenen,
die das Ganze unnöthig in die Länge ziehn, habe
ich n i c h t s an dem Stücke verändert, und vor
Allem nicht eine einzige Zeile hinzugefügt. Nur die
Orthographie habe ich aus den schon angeführten
Gründen vereinfacht, weil es mir auch hier weniger
auf bibliographische Genauigkeit ankam, als dar=
auf, dem originellen und lustigen Schwanke in
möglichst weite Kreise des Publikums Eingang zu
verschaffen.

Berlin, im Januar 1882.

Rudolph Genée.

Lustiges

Nachspiel,

wie etwan vor diesem von Peter Squenz
aufgeführet worden,

von

Tobias und der Schwalbe,

gehalten

den 12. Febr. 1682.

———

Inhalt.

Ein vornehmer Graf begehet seinen Geburts=Tag; so will dessen Hof=Rath eine Lust machen, und lässet allenthalben den Befehl ausgehen, wer etwan eine Comödie fertig hätte, der möchte sich einstellen. Aber zu allem Unglück kommen ihrer zwölfe und wollen ihre Kunst anbringen. Wiewohl einer, der die Invention von dem alten Tobias und der Schwalbe ausgearbeitet hat, wird am meisten beliebt. Und ob er wohl seine Comödie ziemlich schlecht ausführet, so hat er dennoch so viel darvon, daß ihm die Müh belohnet wird.

Perſonen:

1. **Robert** ⎫
2. **Sieghart** ⎭ Gräfliche Hof-Räthe.

3. **Verante** ⎫
4. **Acute** ⎭ Gräfliche Gäſte.

5. **Bonifacius Lautenſack**, Kirchſchreiber zu Bettelrobe, im Spiele ein Leuchter.

6. **Pancratius**, ſein Sohn, im Spiele die Ziege.

7. **Steffen Thats**, Blaſebalg-Treter zu Lemmerswalde, ein kleiner Kerl, im Spiele der alte Tobias.

8. **Veit Habermuß**, Noiſen-Sänger und Zeitungsſchreiber zur Hahnbeiße, ein langer Kerl mit einem großen Barte, im Spiele Tobias' Hausfrau.

9. **Melcher Tummernix**, Cantor zu Querlequitſch, im Spiele der Leuchter.

10. **Detlef Ziegenſchwanz**, Sackpfeifer und Vogelſteller zu Plumpenau, im Spiele ein ſingender Schäfer.

11. **Grolmus Wetterhahn**, Glockenläuter zu Rumpelskirchen, im Spiele die Wand.

12. **Peter Meſſert**, Kartenmacher zum Jachandelberge, im Spiele die Schwalbe.

13. **Kilian Schwalbenneſt**, Todtengräber zur Eſelswieſe, redet als ein Bauer, im Spiele der Engel.

14. **Alexander Wunderlich**, Otterfänger und Theriaks-Krämer zu Purlewiß, im Spiele ein ſingender Schäfer.

15. **Merten Fuchs**, Sternguder, Calendermacher und Wein-Vistrer zu Ochsenfurt, im Spiele der König zu Ninive.

16. **Nicodemus Leyermann**, wohlverdienter Siegelgräber, Bildschnitzer, Maler, Korb- und Sandseigermacher auf der Lausche, ein alter Kerl im grauen Barte, im Spiele der junge Tobias.

17. **Sablanus Sablani**, Tobiae filius, Paedeuterii Zitschdorsensis Collega Primus, im Spiele die Leiche.

18. **Marcolphus**, der Feuermauerfehrer, im Spiele die Bank.

19. **Curfi**, der Kanzlei-Diener.

20. **Quasi**, der Kanzlei-Bote.

21. **Strick** ⎫
22. **Lumpe** ⎬ zwei Trabanten.

23. **Schnips**, des Feuermauerfehrers Sohn, im Spiele Tobias' Hund.

24. **Pips**, des Todtengräbers Sohn.

25. **Walpe** ⎫
26. **Talpe** ⎬ zwei böse Weiber. *)

27. **Runks** ⎫
28. **Runks** ⎬ Ihre Söhne. *)

29. **Braccio** ⎫
30. **Lyre** ⎬ drei Musikanten.
31. **Gambe.** ⎭

---

*) Die Personen von 25—28 erscheinen in denjenigen Scenen, welche in diesem Abbruck wegbleiben.

Erste Handlung.

—

Erster Auftritt.

Bonifacius, der Kirchschreiber, Pancratius,
sein Sohn.

Bonifacius.

Du darfst mir nicht viel, so werf ich dich zu
Boden, daß dir die Rippen im Leibe zerbrechen:
Sollst du deinen leiblichen Vater so schimpfen?
Sollst du ihm seine saure Müh und Arbeit ver-
achten? O, hätte ich was in meinem Vermögen
außer diesen Mantel, der mir quo jure qua injuria
zukömmt, ich wollte zum Element ein Testament
machen, und dich als ungehorsamen Buben aus-
erben.

Pancratius.

Je, so laßt euch doch berichten.

Bonifacius.

Was hast du wieder zu belfern? Habe ich nicht
das Jus patriae potestatis, oder wie die alten
Kirchenlehrer sprechen, das Jus vitae et necis?

Pancratius.

Je, laßt mich doch die Sache noch einmal erzählen.

Bonifacius.

Was willst du erzählen? Du Schelm, hast du nicht deinen Vater bei lebendigem Leibe geschimpft? Habe ich nicht mit großer Mühe und Arbeit eine wunderschöne Comödie fertig gemacht, die nun vor meinem gnädigen Grafen und Herrn soll exhibiret, repräsentiret und recommandiret werden? Habe ich nicht alle Weisheit in der Invention ausgeschüttet, und werde ich nicht als ein anderer Terentius, Plautus und Casaubonus vor aller Welt gerühmet werden? Ja, werde ich nicht den Namen in der That führen, daß ich ein rechter Bonifacius in folio bin? Und gleichwohl du ungerathener Schelm, willst mir meine Sache so niederschlagen, als wenn ich mit dem schönen Stücke sollte tanquam alius stultus et asinus abgewiesen werden. Siehe, wie stehst du nun, oder wieviel gebe ich dir Maulschellen, bis ich meinen väterlichen Eifer werde gestillt haben!

Pancratius.

Ei Vater, ich weiß auch, wie ein Kind die Eltern respectiren soll. Aber wenn es auch zu grob gemacht wird, so bin ich gleichwohl nicht schuldig, alle Schelmen und Ohrfeigen einzufressen. Ich bin majorenn, das heißt auf deutsch, ich bin Herr vor mich.

Bonifacius.

Soll ich es aber darum leiden, daß meine Comödie verachtet wird?

Pancratius.

Kann ich davor, daß ihr mich nicht verstehen wollt?

Bonifacius.

Nun so rede noch einmal, was haft du an meiner Comödie zu tadeln?

Pancratius.

Ich war jetzt in der Schenke, da sah ich elf Kerle euresgleichen sitzen; die hatten alle große Briefe in Händen*) und rühmten sich ihrer Comödien, die sie dem gnädigen Herrn übergeben wollten. Drum meinte ich nur, es könnte leicht einer kommen, der euch abstechen wollte. Ist denn nun das eine Sünde, daß ich einen vor Schaden warne?

Bonifacius.

Das hab ich schon gehört. Soll ich aber nicht besser sein, als die andern Bärenhäuter, und soll meine Invention nicht dem gnädigsten Herrn am besten gefallen? O, so wollte ich meine Lebtage nicht Bonifacius heißen.

Pancratius.

Man siehet, wie es geht. Wenn die Schweine auf den Möhren=Acker kommen, [fo kriegt die größte Sau nicht allemal die beste Möhre.

Bonifacius.

Sohn, wärest du nicht majorenn, ich gäbe dir vor das Gleichniß eine Maulschelle.

---

*) „Briefe" bedeutet hier wie an spätern Stellen: Geschriebenes, Schreibereien, Manuscripte.

Pancratius.

Ich dächte, wer elf andere Leute zu Wider=
sachern hat, der bedürfte es nicht, daß er mit
seinem leiblichen Sohn Händel anfinge.

Bonifacius.

So schweige jetzt nur stille; habe ich dir doch
Alles verziehn und vergeben. Komm nur fort;
weil die andern Narren sich eine Courage trinken,
so will ich meine Comödie übergeben, und da wird
es heißen: wer vor kömmt, der mahlt vor.

Pancratius.

Ich kann es mit versuchen, der Schimpf sei
euer. Giebt es eine Spendage, so werdet ihr
schon wissen, wem ein Theil gehöret.　(Beide ab.)

Anderer Auftritt.

Die Hofräthe Robert und Sieghart.　Cursi.

Robert.

Ist es nicht ein Jammer, daß mir die ein=
gebildete Kurzweil so viel Verdrießlichkeit macht.
Ich beredete meinen gnädigsten Herrn, er sollte
sich gefallen lassen, bei der gegenwärtigen Festivität
eine schlechte Bauern=Comödie anzusehn, und
vermeinete, es würde sich etwan ein Schulmeister
in seiner Kunst sehen lassen. Aber nun werde ich
fast von so viel Kerlen überlaufen, als wir Apostel
haben, und jemehr ein jedweder will befördert

sein, desto weniger kann ich Mittel finden, alle Narren zu vergnügen.

Sieghart.

So geht's, wer ein Spiel mit Narren anfängt, der hat großes Glück, wenn ihm nichts Närrisches dabei begegnet.

Robert.

Was wird unser Kanzleidiener bringen? Ich meine immer, es wird ein neuer Sollicitante vor der Thür sein.

Cursi (Kanzleidiener) kömmt.

Mein Herr, der Schulmeister von Bettelrode bittet, ob er nicht Audienz haben könnte.

Robert.

Was ist sein Anbringen?

Cursi.

Allem Ansehn nach will er eine Comödie über=geben.

Robert.

So laßt ihn nur herein kommen.

Cursi.

Er ist von gewaltigen Ceremonien.

(Er läßt Bonifacius eintreten.)

Robert.

Das mag sein. Er muß lange reden, ehe er uns zu Tode complimentiret.

Dritter Auftritt.

Die Räthe Robert und Sieghart. Bonifacius.

Bonifacius.

Meinen gebietenden Herren und seiner wohl-
weisen Magnificenz meinen unterthänigsten Gruß
und alles Liebes und Gutes zuvor.

Robert.

Großen Dank, guter Freund; Gott gebe euch
wieder so viel. Wer seid ihr?

Bonifacius.

Mein Name ist Bonifacius Lautensack, wohlbestallter Kirchschreiber zu Bettelrode.

Robert.

Und was habt ihr für ein Anliegen?

Bonifacius.

Ich besorge, ich möchte die Herren in ihren
Amtsgeschäften stören.

Robert.

Wir sind deswegen da; macht es nur fein kurz,
so viel als möglich ist.

Bonifacius.

Also soll mir die Grobheit verziehen sein?

Robert.

Ja doch, ja. Begeht nur keine Grobheit und
haltet uns lange auf.

Bonifacius.

Aber woran soll ich erkennen, daß ich den Herren gelegen komme?

Robert.

Wir wollen euch geduldig anhören.

Bonifacius.

Ich sähe es wohl lieber, wenn ich dabei dürfte sitzen; in unsern Dorfgerichten bin ich gleichwohl eine sitzende Person.

Robert.

Cursi, bringet einen Stuhl her.

Bonifacius.

Es wäre wohl auch hübsch, wenn mir eine Ehre angethan würde.

Robert.

Wenn ich den Vortrag wüßte, so sollten mir ein Paar Kannen Bier auch nicht ans Herze gewachsen sein. Doch worin beruhet die Sache?

Bonifacius.

Jenun, ich habe auf gnädigsten Befehl dem hochgräflichen Geburtstage zu Ehren eine schöne trostreiche Komödie gemacht, die wollte ich nun überreichen und dediciren, auch wenn es sein sollte, öffentlich halten und agiren.

Robert.

Das ist gar gut von euch, aber ich kann euch

nicht verhalten, daß sich andere Künstler und Componisten mehr eingefunden haben.

Bonifacius.

Das kann mir nicht schaden, ich weiß doch, daß meine Comödie die allerbeste sein wird. Ich bin auf der Universität gewesen; aber wo wollten's die andern Flegel gelernt haben?

Robert.

Ei ei, schimpft ihr niemanden; sagt, von was handelt die Comödie?

Bonifacius.

Weil ich meiner Profession nach ein Kirchen-schreiber bin, so habe ich doch ein geistlich Stück erwählen müssen: von dem alten Tobias und der Schwalbe.

Robert.

Pfui mit dem garstigen Stücke!

Bonifacius.

Ich habe mich beflissen, daß die garstigen Sachen alle daraus blieben sind; und ich weiß: wer die herzbrechenden Worte und die andern Künste betrachten wird, der wird gestehen müssen, der Kirchenschreiber zu Bettelrode möchte vor einen halben Geistlichen passiren.

Curfi kömmt.

Mein Herr, die Comödianten haben sich ver-sammelt und wollten gerne wissen, was sie mit ihren Comödien thun sollen?

Robert.

Sind ihrer viel?

Curſi.

Ich habe das Verzeichniß hier auf dem Zettel.

Robert.

Herr Bonifacius, ſetzt euch auf die Seite, wir wollen einen nach dem andern vornehmen.

Sieghart.

In was für Ordnung ſollen ſie verleſen werden?

Curſi.

Ich habe die Namen aufgeſchrieben, wie ſich einer nach dem andern angemeldet hat. (Er ſtellt ſich mit ſeinem Zettel an die Thür und ruft hinaus mit überlauter Stimme): Steffen Thats! wohlbeſtallter Blaſebalg=treter!

Vierter Auftritt.

Die Vorigen und Steffen.

Steffen (tritt herein).

Herr, das bin ich.

Sieghart.

Seid ihr der Blaſebalg=Treter?

Steffen.

Ja, ich bin eines Blaſebalg=Treters Sohn, und bin nunmehr in meines ſeligen Vaters Fußſtapfen getreten.

Sieghart.
Und was habt ihr vor ein Anbringen?

Steffen.
Ich habe eine Comödie, und wenn ich irgend
nicht ankäme, so bitte ich um geschwinde Abferti=
gung; ich kann nicht lange von Hause bleiben.

Sieghart.
Von was handelt die Comödie?

Steffen.
Ein Mann wie ich steckt voller Blasebälge:
Ich habe ein Gespräch zwischen den vier Winden
aufgesetzt, die dem Wandersmanne den Mantel
nehmen wollten; endlich kömmt die liebe Sonne
dazu und hält eine gar tröstliche Rede, die ein
sedweder Christe wohl abschreiben möchte.

Sieghart.
Nun, es ist gut, setzt euch dort neben den frem=
den Mann.

Cursi (ruft hinaus).
Veit Habermuß! wohlbestallter Avisen=Sänger
und Zeitungsschreiber zu Hahnbeiße.

Fünfter Auftritt.
Die Vorigen und Veit.

Veit.
Herr, das bin ich.

Robert.

Habt ihr auch eine Comödie gemacht?

Veit.

So viel als ich bei meinem schweren Avisen-Singen gelernt habe, so viel ist auf einmal in der gegenwärtigen Action ausgeschüttet worden.

Robert.

Was habt ihr bei eurem Amte zu thun?

Veit.

Ich muß zusehn, daß die alten gedruckten Zeitungen in diesem Jahre wieder aufgelegt werden. Denn es geschieht doch nichts Neues unter der Sonne.

Robert.

So kann euch das Zeitungschreiben nicht schwer fallen.

Veit.

Aber es ist eine Kunst, wenn man Altes und Neues vermengen kann.

Robert.

So wird es euch auch an der Materie zu einem kurzweiligen Possen-Spiele nicht gemangelt haben.

Veit.

Ach nein; ich habe die Materie genommen aus den neulichsten Avisen, und das ist eine Friedens-Comödie zwischen dem Türken und dem Moscowiter.

Robert.

Nun setzt euch dort nieder; die Andern wollen das Ihrige auch vorbringen.

Cursi ruft:

Melcher Tummernix, wohlbestallter Cantor zu Querlequitsch!

Sechster Auftritt.

Die Vorigen. Melcher.

Sieghart.

Seid ihr der Cantor zu Querlequitsch?

Melcher.

Ja, Herr, so weit habe ich's in meinem Studieren gebracht.

Sieghart.

So seid ihr im Dorfe wohl auch gar Stadt-Schreiber und helft Kaufbriefe und Erbsonderungen machen?

Melcher.

Wenn sich die Sache über fünf Gulden nicht beläuft, so kann ich wohl eine Kanne Bier daneben verdienen.

Sieghart.

So werdet ihr auch eine artige Comödie inventiret haben?

Melcher.

Ich weiß nicht, wie ich zu den geistlichen Gedanken gekommen war: die Materie vom verlornen Sohne hat mir gefallen.

Sieghart.

Nun, so setzt euch zu den Andern hin; ihr sollt euern Bescheid haben.

Cursi ruft:

Detlef Ziegenschwanz! Wohlbestallter Sack=
pfeifer und Vogelsteller zu Plumpenau!

Siebenter Auftritt.

Die Vorigen. Detlef.

Detlef.

Herr, das bin ich.

Robert.

Ei ei, guter Freund, habt ihr auch eine Co=
mödie gemacht?

Detlef.

Ja, ich habe mein Pfund nicht vergraben wol=
len, wie der Schalfsknecht.

Robert.

Wo habt ihr lernen Comödien machen?

Detlef.

Mein Lehr=Prinz in der Sackpfeife spielte auf
den Dörfern allemal von den heiligen drei Köni=
gen, und da mußte ich manchmal das Oechslein
und das Eselein mit agiren; so habe ich doch etwas
begriffen, daß mich die Herren von Adel in meiner
Gegend gar gerne um sich leiden können.

Robert.

Aber ich will nicht hoffen, daß ihr mir ein Stück
bringt, das schon agiret ist.

Detlef.

Ei Herr, ich will es aus der Comödie bewei=
sen; das letzte Lied ist kaum halb fertig; wo wollte
ich's denn ganz gespielet haben?

Robert.

Aber was ist der Inhalt?

Detlef.

Es ist, mit dem Hof=Stylo zu reden, eine mu=
sikalische Opera von der verliebten Schäferin.

Robert.

Nun, setzt euch hin und erwartet, was euch
vor ein Schluß wird communiciret werden.

Cursi ruft:

Grolmus Wetterhahn, wohlbestallter Glocken=
Läuter zu Rumpelskirchen!

Achter Auftritt.

Die Vorigen. Grolmus.

Sieghart.

Seid ihr ein Glockenläuter und könnet Comö=
dien machen?

Grolmus.

Ja Herr, das Glockenläuten ist zweierlei. Wer
den Calender im Kopfe haben muß, als unser einer
zu Rumpelskirchen, der lernet wohl, seine fünf
Sinne zusammennehmen.

Sieghart.

Ei, ist das Amt so beschwerlich?

Grolmus.

Herr, auf unserm Kirchthurm haben wir zwei Glocken; sie sind zwar beide ziemlich klein, doch zum Unterscheide heißen wir die eine die kleine und die andere die große. Nun ist unser Dorf so weitläuftig gebauet, und der vornehme Stand bringt's auch mit, daß wir allemal mit zwei Glocken läuten Wenn ich nun mit der kleinen Glocke anfange, so wissen die Leute, daß kein Festtag ist. Fange ich aber mit der großen an und mit der kleinen drauf, so ist gewiß ein Feiertag im Dorfe. Dazu aber muß man das Rothe im Calender verstehn.

Sieghart.

Aber wer das verrichten will, der lernet deswegen noch keine Comödien machen.

Grolmus.

Aus der Glocke fallen mir freilich keine Künste herunter. Aber wer einmal in der Kirche aufwarten hilft, dem ist doch flugs, als wenn er gegen andern Leuten besser wäre.

Sieghart.

Aber von was handelt eure Comödie?

Grolmus.

Ich habe die traurige Geschichte vom Glockengießer zu Halberstadt, der vor etlichen hundert Jahren seinen Gesellen erstochen hat, in reimweißigte Verse gebracht.

Sieghart.

So setzt euch hin und erwartet unsere Resolution.

Cursi ruft:

Peter Meffert, wohlbestallter Kartenmacher zum Machandelberge!

Neunter Auftritt.

Die Vorigen und Peter.

Robert.

Seid ihr ein wohlbestallter Kartenmacher?

Peter.

Ja Herr.

Robert.

Wer hat euch denn bestallt?

Peter.

Derjenige, der mir das Privilegium gegeben hat. Wenn ein ander Kartenmacher in mein Gehege kommt, so gebe ich ihm so lange Maulschellen, bis er wieder davon geht.

Robert.

Und was habt ihr vor eine Comödie gemacht?

Peter.

Herr, es ist eine Materie voller Maschinen; denn wir Kartenmacher haben die Pappen und Farben selber. Meine Comödie handelt von den heiligen vier Königen, welche sich um die Welt so wohl verdienet haben, daß sie nun in das Buch der Ewigkeit sind eingeschrieben worden.

Robert.

So setzt euch hin.

(Hier fangen die Andern auf ihren Stühlen sehr unverschämt an zu murmeln.)

Sieghart.

Unsere Comödianten überhören sich gewiß in ihren Rollen?

Robert.

Ich halte dafür, sie haben vergessen, wer sie verschrieben hat. Ihr bärenhäuterische Kerle, wenn ich in meiner Stube will was Geschnattertes haben, so lasse ich mir ein Dutzend Gänse bringen; die können's besser als ihr. Wer nur ein Wort sprechen wird, der soll die Hoffnung zu seiner Comödie verloren haben. *(Sie schweigen Alle stille.)*

Cursi ruft:

Kilian Schwalbennest, wohlbestallter Todtengräber zur Esels-Wiese!

Zehnter Auftritt.

Die Vorigen und Kilian.

Sieghart.

Heißt ihr Schwalbennest?

Kilian.

Ja Herr, ich habe den Namen von meinem Vater geerbet; der ist in der Schenke gleich unter einem Schwalbenneste gefunden worden.

Sieghart.

Ihr seid ein Todtengräber und ihr habt euch unterstanden, eine Comödie zu machen. Von was handelt sie?

Kilian.

Von Daniel in der Löwengrube.

Sieghart.

Wie seid ihr auf die Materie kommen?

Kilian.

Ich dachte, wenn irgend die Comödie sollte ge=
spielet werden, so könnte ich als ein Todtengräber
die Löwengrube selber graben, und dürfte nicht
lange andere Leute ansprechen. Denn ich habe
einen Kopf für mich, und ehe ich lange bitten will,
so lasse ich's bleiben.

Sieghart.

So wollt ihr auch uns nicht gute Worte geben?

Kilian.

Ei, große Herren weiß ich wohl zu respectiren.
Ach, er sei gebeten, und helfe mir zur Comödie;
ich will ihm und seinen Kindern das Grab umsonst
machen.

Sieghart.

Zur Zeit habe ich noch kein Verlangen danach.
Setzt euch nur hin.

Cursi ruft:

Alexander Wunderlich, vornehmer Otternfän=
ger und Theriacks=Händler zu Purlewitz!

Elfter Auftritt.

Die Vorigen und Alexander.

Alexander.

Herr, das bin ich.

Robert.

Habt ihr mit eurem Ungeziefer und dem gar=

stigen Theriacke nicht genug zu thun, daß ihr der
Comödien dabei vergeſſet?

Alexander.

Ach Herr Patron, ich ziehe auf den Märkten
herum, und weil die Waaren heutiges Tages nicht
viel gelten, ſo muß ich bisweilen ſo ein Poſſen=
Spiel darneben machen, daß die Leute zuſammen=
kommen.

Robert.

Ich ſehe wohl, ihr habt eure Perſon am beſten
legitimiret. Aber was habt ihr vor eine Hiſtorie
zu eurer Comödie auserſehn?

Alexander.

Von Ritter Sanct Georgen mit dem Lind=
wurme. Denn ich müßte doch der Ritter Georg
ſein; ſo wüßte ich am beſten, wo ich den Wurm
hinſtechen ſollte.

Robert.

Ich weiß die Sache nicht zu tadeln. Setzt euch
zu den Andern.

Curſi ruft:

Merten Fuchs, wohlbeſtallter Sterngucker, Ca=
lendermacher und Wein=Viſirer zu Ochſenfurt!

Zwölfter Auftritt.

Die Vorigen und Merten.

Merten.

Herr, das bin ich.

Sieghart.

Ich habe lange auf einen Calendermacher ge=

wartet. Denn mich dünkt, heutiges Tages machen die Leute die besten Possen. Doch was haben wir vor eine Comödie zu hoffen? Sie wird doch etwas nach dem Weinfasse oder nach einem Calender riechen.

Merten.

Freilich geht es am besten von der Feder, wenn man bei seiner Profession bleibt: Es ist die anmuthige Historie vom Diogenes, der im Weinfasse gewohnt hat.

Robert.

Ich dachte, vom Grafen Clarenz*), der im Weinfasse ersoffen ist. Setzt euch hin und erwartet unsern Bescheid.

Cursi ruft:

Nicodemus Leyermann, wohlverdienter Siegelgräber, Bildschnitzer, Maler, Korb- und Sandseigermacher auf der Lausche!

Dreizehnter Auftritt.

Die Vorigen und Nicodemus.

Nicodemus.

Herr, das bin ich.

Sieghart.

Ihr habt fünf Aemter; wenn ein jedwedes zu einem Actu was contribuiret, so ist die Comödie richtig.

---

*) Es ist hiermit der Herzog von Clarence, der Bruder Richards III. von England gemeint, der bekanntlich in dieser Weise umgebracht wurde.

Nicodemus.

Ich lasse Alles auf ein künstliches Theatrum hinauslaufen, und dazu brauche ich wohl mehr als sechs Handwerke.

Sieghart.

Was also ist es für ein Stück, das in eurer Comödie geschnitzt, gemalt, gegraben und gesiegelt wird?

Nicodemus.

Ich handle von dem Ausbund aller bösen Weiber.

Sieghart.

Ja, da gibt es viel zu malen und zu schnitzen dran, ehe man sie fromm machen kann. Doch ihr müßt gewiß mit euren Sandseigern nicht viel Abgang haben, daß ihr Comödien macht.

Nicodemus.

Ach nein, ich darf mich nicht beschweren, daß mir die Leute nicht viel zu thun geben. Aber wenn ich in meiner besten Arbeit begriffen bin, so quälet mich meine böse, ungerathene Frau so sehr, daß ich die Tugenden eines bösen Weibes ohne weitläuftiges Nachsinnen errathen kann. Und eben deswegen hat meine Comödie neun Actus, nach der Zahl der neun Häute, die ein Mann seiner Frau durchschlagen muß, ehe sie fromm wird.

Sieghart.

Nun ich halte, es wird noch einer draußen sein; setzt euch nieder, daß wir mit demselben auch zu rechte kommen.

Curſi.

Nun kommt einer mit einem lateiniſchen Na=
men, bei dem wird ein ſchweres Examen ſein.
(Er ruft hinaus) Fabianus Fabiani, Tobiae filius!

Vierzehnter Auftritt.

Die Vorigen und Fabian.

Fabian.

En adsum Domine.

Sieghart.

Wir haben nicht Zeit; Canzlei=Diener, fragt
ihn doch, wer er iſt, und wie wir uns in ſeine
Sachen ſchicken ſollen.

Curſi.

Guter Freund, ſeid ihr nicht in Deutſchland
geboren?

Fabian.

Ja ja, ich bin Natione Germaniensis, aber lingua
latina, eruditorum vernacula ſchlägt mich oft in den
Nacken, daß ich in Gedanken etiam cum mea uxore
lateiniſch rede.*)

Curſi.

Sagt alſo kurz: von was handelt die Comödie?

Fabian.

Von der Ausführung der Kinder zu Hammel.

---

*) Dies Geſpräch iſt im Original beträchtlich länger, wegen
des vielen Lateiniſchen, was darin — offenbar für die Schüler
Weiſe's — angebracht iſt.

Cursi.

Ihr seid gewiß der Pfeifer, und der Berg ist eure Schule. Aber wehe den armen Kindern, wenn die Thüre zufällt, daß sie nicht wieder heraus können.

Fabian.

Sit venia joco. Ich verstehe den Herrn gar wohl.

Cursi.

Nun geht doch her und setzt euch hin.

(Sie sitzen Alle. Cursi bleibt an der Thüre stehn. Robert und Steghart setzen sich gleichfalls nieder.)

Robert.

Nun, ihr lieben Freunde, ihr seid alle insonderheit verhöret worden, und es ist an dem, daß ein jedweder eine wunderschöne Comödie geschrieben hat: Allein weil mein gnädigster Herr nur eine Comödie zu sehen verlanget, so wird es uns schwer fallen, daß wir eben die beste Comödie erwählen.

Bonifacius.

Ihr, wohlweise Magnificenzen, werdet noch wohl wissen, was ich gesagt habe; so hier geredet, und niemanden was zu Leide nachgesaget; ich bin wohl der Beste, und also wird meine Erfindung nicht die schlimmste sein.

Veit.

Derowegen können wir uns ebenso viel mit unsern Künsten einbilden: wenn wir unsere Briefe auf die Wage legten, wer weiß, wer die schwersten Buchstaben gemacht hat.

Detlef.

Ihr lieben Leute, stellt doch Alles dem gnädigen Herrn anheim. So lange wir streiten, so wird ein jedweder Schäfer seine Keule loben.

Robert.

Nun, wißt ihr einen Vorschlag, wie wir aus der Sache kommen sollen? Wie die beste Comödie durch eine gute Probe könnte ausgelesen werden.

Bonifacius.

Ich halte davor, man gebe sie dem gnädigen Herrn hin: Er ist ein verständiger Herr, und er dürfte die Sache nur einmal lesen, so würde sich's bald weisen, wer sich am besten dürfte sehen lassen.

Steffen.

Ei so ein vornehmer Herr hat eben Zeit dazu, daß er alles durchliefet. Es wäre besser, wir nehmen einen Blasebalg und bliesen drunter; wenn das Leichte weggeflogen wäre, so würde das Beste wohl liegen bleiben.

Grolmus.

Ich dächte, wenn man eine Comödie nach der andern an den Glockenstrang bindete, und ließe hernach läuten; bei welcher die Glocke am schönsten klänge, die müßte auch wohl die schönste sein.

Kilian.

Ich, als ein Todtengräber, dächte so: wenn man den Plunder in die Erde verscharrete; welche hernach am ersten verfaulete, die müßte wohl die schlimmste sein.

Merten.

Wir wollen im Calender sehen: welche Comö=
die im besten Zeichen gemacht ist, die wird unserm
Herrn auch am gesündesten sein.

Fabian.

Wir wollen darnach sehen, wer am meisten
Latein eingemenget hat.

Cursi.

Ihr Herren, wenn ich einen Vorschlag thun
darf, so will ich mit einem guten Rathe dazwischen
kommen. Ich habe einen Hund, der hat so einen
subtilen Geruch, daß er flugs errathen kann, wel=
cher Mann vornehmer ist, als der andere. Denn
wenn unser Gerichts=Schulze kömmt, so wedelt er
allemal mit dem Schwanze zehn mal. Aber wenn
der Thürwärter kömmt, so ließe er sich eher todt=
schlagen, ehe er mit dem Schwanze mehr als zwei=
mal wedelte. Legt die Sachen nacheinander hin;
bei welcher Comödie er am meisten wedeln wird,
dieselbe muß unstreitig die beste sein.

Robert.

Der Vorschlag ist nicht uneben; wo der Hund
da ist, so wird der Art bald ein Stiel gefunden
werden.

Fabian.

Ich sage mich los. Der Hund verstehet nicht
lateinisch.

Nicodemus.

Ei, die Hunde haben nur eine Sprache.
Denn wie die Sprachen sind verwirret worden,

da blieben die Hunde bei ihrer Sprache, einmal
wie das andere.

(Die Comödien werden hingelegt; an dieselbe, welche Bonifacius
gemacht hat, wird ein Stück Fleisch angebunden.)

Curfi (bringt den Hund und locket ihn, bis er des Fleisches
gewahr wird, und die Comödie damit aufhebet; also nimmt er
das papierne Zeug.)

Meine Herren, der Hund hat nicht allein ge=
wedelt, sondern hat auch die Schrift mit dem
Munde selber aufgehoben.

Robert.

Es ist ein verständiger Hund. Es bleibt also
dabei: Herr Bonifacius Lautensack, wohlbestallter
Kirchschreiber zu Bettelrode soll eine Comödie von
Tobia und der Schwalbe noch dieser Tag vor der
gnädigsten Herrschaft präsentiren.

Bonifacius.

Ihr wohlweise Magnificenzen haben großen
Dank, daß sie mir durch so ein gnädiges Urtheil
zu statten kommen. Aber soll ich die Personen
anderswo herbestellen?

Robert.

Nein, es sollen die andern ehrlichen Leute
nicht ausgeschlossen sein. Schreibet alle Personen
auf einen Zettel und loset drum; wer eine
kriegt, der soll sie auch behalten, bei Vermeidung
eines schweren Einsehens.

Bonifacius.

Die Personen dürfen nicht erst abgeschrieben
werden, ich brauche nur meinen Zettel hier zu

zerreißen. Aber die Perſonen möchten nicht aus=
reichen; darf ich dann etliche Adjuvanten nehmen?

Robert.

Das ſtehet euch frei, nur nehmet ſolche Leute,
davon die Andern keinen Schimpf haben. Nun
muß aber erſt drum geloſet werden.

Bonifacius.

So will ich nur die Perſonen zuvor ableſen:
Erſtlich zwei Leuchter anſtatt des Prologum und
Epilogum.

Robert.

Warum ſollen die Leuchter ſein?

Bonifacius.

Es iſt doch auf dem Theatro finſter, ſo ſetzen
ſie die Lichter auf die Köpfe, und kommen zuerſt
heraus, gehen zuletzt hinein, ſo bleibt es immer
lichte.

Robert.

Nun es mag ſein, leſet weiter.

Bonifacius.

Zwei muſikaliſche Schäfer, der König zu Ni=
nive, der alte Tobias, ſeine Frau, der junge To=
bias, der Engel, die Leiche, die Wand, die Bank.

Sieghart.

Sind das alle Perſonen?

Bonifacius.

Man verachte mir meine Invention nicht,
bis ſie an das Tageslicht kömmt. Ferner die
Schwalbe, die Ziege, der Hund, und nebſt dieſen
die Muſikanten von Vocalibus und Instrumentalibus.

Sieghart.
Wer soll nun die Zettel austheilen?

Bonifacius.
Ich habe meinen Sohn draußen, der ist un=
parteiisch; Pancrazchen, komm herein, du kriegst
was zu thun.

Pancratius (kommt.)
Was soll ich thun, mein Vater?

Bonifacius (hat unterdessen seinen Zettel in kleine Stücke
getheilt.)
Da hast du Zettel, gehe herum und theile sie
aus; von den übrigen magst du auch einen be=
halten.

Pancratius.
Ich verstehe es schon, was ich thun soll.
(Geht zum Hofrath Robert.) Gestrenger Herr, einen Zettel.

Robert.
Ich bedanke mich, ich spiele nicht mit.

Bonifacius.
Du dummer Schelm, machst du schon eine
Sau, ehe die Personen ausgetheilet worden. Komm
und mache bei mir den Anfang.

Pancratius (theilet sie mit großen Reverenzen aus. Sie
machen die Zettel auf; einer nach dem andern tritt mitten auf
den Platz und nennet seine Person.)

Bonifacius.
Ich kriege eine Hauptperson: ich bin der
Leuchter.

Steffen.

Ich bin auch kein Narr, ich kriege den alten Tobias.

Veit.

Was werd' ich machen? Ich bin des alten Tobias Frau.

Melcher.

Ich bin der ander Leuchter.

Detlef.

Ich bin die Bank; da setzt sich wohl keiner mit dem Kopfe drauf.

Grolmus.

Und ich bin die Wand. Macht mir nur das Schwalben-Nest nicht zu schwer, sonst werfe ich den Vogel aus dem Neste.

Peter.

Nun, mit Züchten zu melden, ich bin die Schwalbe. Herr Bonifacius mag's verantworten, wo meine Action was mitbringt.

Kilian.

Je nein, je nein! daß mir nicht die Ehre weg-kömmt —: ich bin der Engel!

Alexander.

Ich bin ein singender Schäfer.

Merten.

Ach ich armer Mann, wie komm ich zu dem Unglück! Ich bin der König. Wer wird mir einen Scepter leihen?

Nicodemus.

Nun, das Glück theilt seine Gaben wunder=
barlich aus: Ich bin der junge Tobias.

Fabian.

Ich hab's am besten, denn ich habe gewiß
nicht viel zu reden: ich bin die Leiche.

Pancratius.

So viel ich aus dem Zettel sehe, bin ich die
Ziege.

Bonifacius.

So fehlt uns noch der Hund und ein Schäfer;
die wollen wir schon zusammenkriegen.

Robert.

Wegen der Kleider werdet ihr nun wissen,
Anstalt zu machen. Heute auf den Abend geht die
Comödie fort.

Sieghart.

Doch das sei euch bei Strafe eingeschärft, daß
keiner zum Zanke Anlaß gibt, noch viel weniger,
daß einer den Herrn Director beschimpft oder
verachtet. Es heißt eine Comödie, und dabei soll
es friedlich zugehn. (Geht ab.)

Nicodemus.

Ich will nur sehn, wo wir alle Kleider werden
herkriegen.

Bonifacius.

Ei es geschieht bei Lichte, da nimmt man
Alles nicht so genau. Den Leuchter will ich
schaffen.

Veit.

Wo krieg' ich denn Weiberkleider her?

Bonifacius.

Die ganze Welt ist voller Weiber, da will ich schon Rath schaffen.

Detlef.

Aber was thue ich, daß ich aussehe, wie eine Bank? Ich werde mich nimmermehr lassen mit Brettern verschlagen.

Bonifacius.

Wickelt euch in einen Teppich, und legt euch nur hin.

Peter.

Aber wie lange soll ich mich in den Federn herumwälzen, bis ich zur Schwalbe werde?

Bonifacius.

Zwei Bund Flederwische thun viel. Die Leute wissen's doch wohl, daß ihr nicht die rechte Schwalbe seid.

Kilian.

Wenn ich der Engel bin, werd' ich wohl mein schwarz Ehrenkleid anziehn?

Bonifacius.

Die guten Engel gehn wohl in schwarzen Kleidern? Ein weiß Hemde, ein roth Band, ein genäht Schnupftuch um den Hals, einen Kranz auf dem Kopf, einen grünen Zweig in der Hand, so gehn sie in unserm Dorf, wenn St. Merten und St. Andres kömmt. Ich will Alles schaffen,

was der Schäfer, was der König, und was die
Andern haben sollen. Kommt nur und schreibt
die Personen ab, daß wir mit dem Auswendig=
lernen zu rechte kommen, die Zeit ist kurz und der
Sorgen sind viel!

Detlef.

Das weiß ich wohl, ohne Ferkel wird's nicht
abgehn!

Andere Handlung.

(Anm. d. Herausgebers: Die ersten drei Auftritte dieses
Aktes bleiben hier weg; sie sind ohne rechten Witz und ziehn die
Sache nur in die Länge. Marcolphus, der Feuermauer=Kehrer
erklärt erst seinem Sohne Schnips, daß er nicht mitspielen werde,
weil keine Ehre dabei zu holen und er unterdessen seinen Dienst
versäume. Der Sohn redet ihm dringend zu, es dennoch zu thun,
da auch ihm eine Rolle dabei versprochen worden sei. Bonifacius
kommt dazu; er weiß den Marcolphus wieder zum Bleiben zu
bewegen und theilt dem Schnips die Rolle des Hundes zu.
Dann kommen zwei wüthende Weiber, Walpe und Calpe, mit ihren
Söhnen und verlangen von Bonifacius, daß dieselben auch mit=
spielen müßten. Sie balgen sich herum, zerreißen ihm dabei sein
Manuscript, und Bonifacius beruhigt sie endlich mit Versprechungen.)

Vierter Auftritt.

Hofrath Sieghart und Kanzlei=Bote Quasi.

Sieghart.

Nun? haben sich Seine Gnaden resolvirt, dem
Spiele beizuwohnen?

Quasi.

Ja, sie erwarten die erste Nachricht, wann sie in dem Saal erscheinen sollen.

Sieghart.

Wird sich das Frauenzimmer auch dabei finden lassen?

Quasi.

Ach, sie reißen sich so sehr nach der Comödie, und die Kammermädchen weinen die bittersten Zähren, daß sie unterdessen im Gemach bleiben sollen.

Sieghart.

So geh, und laß die Personen zusammenkommen; das Lumpen-Volk will erinnert sein.

Quasi.

Ich will das Meinige thun.

(Beide ab.)

Fünfter Auftritt.

Bonifacius und Melcher.

(Beide haben schon die Leuchter auf den Kopf gesetzt.)

Melcher.

Ei, das lasse ich wohl bleiben; hätte ich das gewußt, daß ich sollte geschimpft werden, so wollte ich eure Person zu was anders gebraucht haben.

Bonifacius.

Ei nun, mein lieber Herr Amtsbruder, es ist ja kein Schimpf! Der gnädigste Herr begehret, wir sollen in Degen gehn, und es steht auch wohl unsern Personen reputirlicher an.

Melcher.

Ei, ich thue es doch nicht.

Bonifacius.

So wird der gnädigste Herr die Ursache wissen wollen.

Melcher.

Ach Herr Amtsbruder, so sehet doch, wie ich diesmal davonkomme.

Bonifacius.

Ach herzger Herr Amtsbruder, gehorcht doch eurer lieben Obrigkeit nur diesmal.

Melcher.

So muß doch die Ursache an den Tag kommen. (führet ihn auf die Seite.) Herr Amtsbruder, im Vertraun geredet, ich habe gar einen schlechten Dienst, und habe mir kaum so viel verdienet, daß ich mir an der vordern Seite ein h a l b e s Ehrenkleid geschafft habe. Die Seite gegen den Rücken zu, die siehet nun noch aus wie ein Dach, da die hintersten Ziegel fehlen. Weil ich nun mit meinem Mantel die Schande allemal zudecken muß, so laßt mich doch nur zufrieden. Ich kann auch meinen grauen Tuchfleck in den Hosen nicht vor aller Welt beschimpfen lassen.

Bonifacius.

Ei ei, hätte ich so viel vor einer Viertelstunde gewußt, so wären Kleider genug im Vorrath gewesen. Doch nun ist es nicht zu ändern. Herr Amtsbruder, thut es also dem gnädigen Herrn immer zu Gefallen und legt den Mantel ab. Nur dieses nehmt in Acht, daß ihr allezeit den Rücken von den Leuten wegkehret; so wissen sie viel, was vor Zierrath auf der andern Seite steckt.

Melcher.

Meinet ihr, Herr Amtsbruder? Nun, auf eure Verantwortung will ich es geschehn lassen. Aber vor das Auslachen müßt ihr mir gut sein.

Bonifacius.

Kommt nur fort, daß wir die Personen zusammen kriegen.

(Beide ab.)

Sechster Auftritt. *)

Kilian (als Engel) und Pips, sein Junge.

Kilian.

O seht ihr nun den schönen Engel! Schade, daß heute nicht der Andres=Abend ist, ich müßte doch allen Jungfern und Mägden in der Gestalt erscheinen. Aber was will mein Junge? Hui daß er mich in dem Kleide verkennet.

Pips.

Das heißt gelaufen, in fünf Stunden zwei Meilen. Und nun ich den Vater suche — Wer ist das? Ich meine, die leibhaftige Comödie geht da herum. Guten Tag, schöner Herr, habt ihr nicht den Todtengräber auf der Eselswiese gesehn?

Kilian.

Was soll der Todtengräber?

---

*) Auch hier fällt ein kurzes Gespräch, zwischen Detlef und Grolmus, aus.

Pips.

Das lasse ich bleiben, daß ich meines Vaters Heimlichkeit andern Leuten auf die Nase binde.

Kilian.

Ich werde mich wohl dem Jungen zu erkennen geben.

Pips.

Könnt ihr mir nicht helfen, so muß ich weiter gehn.

Kilian.

Bleib da, ich bin's selber! (Er zieht die gestrickte Haube vom Gesicht.) Siehst du nicht mein väterliches Gesicht?

Pips.

Je, Vater, seid ihr so ein vornehmer Kerl geworden. Aber ich soll melden: Rauchmerten's Großknecht ist gestorben, und weil ihr nicht da seid, so will des Schulmeisters Gevatter das Grab machen, und die beiden wollen's miteinander theilen.

Bonifacius.

Was! Will mir der Schulmeister mit seinem lausichten Gevatter ins Handwerk fallen? Nein nein, lauf du fort und sage: Ich will noch zur rechten Zeit kommen.

Siebenter Auftritt.

Die Vorigen und Bonifacius.

Bonifacius.

Nun Meister Kilian, ich halte, ihr laßt euch überhören! Fort fort, die Comödie soll nun angehn.

Kilian.

Wer schiert sich um die Comödie? Jetzund will ich mich anziehn, und will sehn, wo der nächste Weg auf die Eselswiese geht.

Bonifacius.

Ei wie soll ich das verstehn?

Kilian.

Ich kann da nicht wie ein Narr herumziehn, daß mich unterdessen andere Leute um das Meinige bringen.

Bonifacius.

Ach so bleibt mir ja eine Hauptperson aus!

Kilian.

Was heißt denn eine Hauptperson? Ich denke, ein jedweder wird seinen Kopf mitbringen. Nun lebet wohl, Herr Kirchenschreiber.

Bonifacius.

Ich gebe euch die Hand nicht; ihr müßt zuvor mitspielen. Denket doch, wie unsere Compagnie euretwegen könnte geschimpfet werden.

Kilian.

Schimpft mich wieder, wenn ihr könnt. Jetzo will ich gleich den Plunder vom Leibe reißen.

Bonifacius.

O Angst über Angst! was hilft mich's, daß ich ein Bonifacius bin, wenn mir St. Velten einen Malefacius nach dem andern über den Hals schicket? Ach Meister Kilian, so geht doch nur im Proceß mit herum, daß sie euch einmal sehen; können wir doch sprechen, ihr seid geschwinde krank worden.

Kilian.

Meinetwegen sprecht, ich bin gestorben! Wenn ich meine Comödie von der Löwengrube spielen werde, so weiß ich nicht, ob ihr so schlechterdings einen Löwen auf euch nehmen werdet. Komm, Pips, unser Weg ist der weiteste.

Bonifacius.

So gebt mir doch die Kleider wieder; es muß doch ein Engel bei der Comödie sein, und wenn ich diese Person selber annehmen sollte.

Kilian.

Immerhin, der Orts-Thaler ist mir gewisser, den ich zur Eselswiese verdienen kann.

(Geht ab mit Pips.)

Achter Auftritt.

Bonifacius und die Musikanten Lyre, Gambe und Braccio.

Braccio.

Das thu ich nicht! Ich versäume eine Kirms darüber, darbei ich mir ein Stück von meiner Winterzehrung verdienen kann.

Lyre.

Und endlich sein mir die Saiten auf meiner Zither um das Geld auch nicht feil.

Gambe.

So werde ich vielleicht mit meiner Baß=Fiedel wie ein Narr alleine bleiben.

Bonifacius.

O wenn doch der heutige Tag vorbei wäre!
Ach, Amts-Sorgen sind schwere Sorgen, sonderlich
wenn einer was über sich nimmt, das er nicht gelernt hat, und das er ohne Schaden seines Berufes
wohl könnte bleiben lassen. Doch was werden hier
die Spiel-Leute machen?

Braccio.

Was heißen nun die Possen? Wir sind einmal
bestellt, und nun haben wir nichts zu fressen und
nichts zu saufen.

Bonifacius.

Sachte, ihr lieben Leute, wo man lange wartet, da kömmt das Gute miteinander.

Lyre.

Ja, es wird kommen, daß mir die Saiten
drüber verrosten möchten.

Gambe.

Und ehe es kömmt, so kriegt meine Baß-Fiedel
die Schwindsucht.

Bonifacius.

Was habe ich denn endlich davon? Ich will
dem gnädigsten Herrn die Comödie wieder auf-
kündigen.

Braccio.

Das mögt ihr thun, wir wollen wissen, wer
uns bezahlt.

Lyre.

Wie steht's, sollen wir dableiben oder sollen
wir weggehen?

Gambe.

Und wer soll uns das Weggehen bezahlen?

Bonifacius.

Ach, fiedelt mir das Lied: „Lebt Jemand so wie ich, so lebt er jämmerlich!"

Braccio.

Wer jämmerlich lebt, der soll uns nicht dingen.

Bonifacius.

Ich habe euch gedinget, das ist wahr; gibt uns der Graf was, so wird euer Theil auch darbei sein. Da steht mein Hab und Gut zum Pfande, daß ich keinen Unterschleif darbei brauchen will.

Lyre.

Nun, die Versicherung will ich annehmen. Aber Weh eurem Hab und Gut, wo ihr zum Lügner werdet!

Neunter Auftritt.

Die Vorigen und Cursi.

Cursi.

Herr Kirchschreiber, wie steht es denn mit eurer Comödie? Wenn ihr nicht bei Zeiten kommt, so gehn wir wieder fort, und da mögt ihr sehen, wer die Comödie bezahlen wird.

Bonifacius.

Ich bin lange fertig gewesen. Aber da setzen mir die Spielleute den Stuhl vor die Thüre, und das kann jedweder wohl gedenken, daß ich nicht zugleich reden und fiedeln kann.

Cursi (zu den Spielleuten).

Ihr Leute, laßt nicht Klage wider euch kommen. Wir haben ein Hundeloch, da ihr und die Fiedeln Raum habet. Sagt mir, was habt ihr einzuwenden?

Braccio.

O nichts, o nichts, der gute Mann hat uns nicht recht verstanden.

Cursi.

So packt euch fort und laßt euch anweisen, was ihr verrichten sollt. Sonst will ich an eurem Schimpfe keinen Theil haben.

Lyre.

Wir wollen Alles gerne thun.

(Die Musikanten ab.)

Bonifacius.

Ich hätte das Spiel losgegeben. Doch nun muß ich Schande halber dableiben.

Cursi.

Hört nur, gut Freund, weil doch nun Alles wird bestellet sein, so will der gnädige Herr wissen, ob ihr Alles selber gemacht habt.

Bonifacius.

Ich werde meinen Namen zu keinen fremden Sachen schreiben.

Cursi.

Ich weiß wohl, daß ihr gelehrt genug seid, aber es möchte euch an Zeit gemangelt haben. Mein Herr läßt es doch drucken, und wenn dann jemand Theil daran hätte, so gedenket, was euch vor ein Schimpf widerfahren könnte.

Bonifacius.

Herr, ich will Alles bekennen. Die Verse habe ich meistentheils gemacht; aber zu den Reimen hat mir ein Studente geholfen, ein ehrlicher Kerl, der endlich meine Tochter und meinen Dienst kriegen könnte, wenn ich zuvor was bessers hätte.

Cursi.

Es ist ein Glück, daß ihr gleich heraus bekennet. Weil es in der Familie bleibt, so wird es nicht viel zu bedeuten haben. Geht nur, und commandiret die Personen fein risch zusammen.

Dritte Handlung.

Erster Auftritt.

Robert und die Trabanten Strick und Lumpe.

Robert.

So nehmt euer Amt wohl in Acht; und wenn die losen Schlucker etwa uneins werden, so kommt mit dem kurzen Gewehr dazwischen, damit an unserer Lust nichts verstöret wird.

Strick.

Ich will schon das Meinige thun.

Lumpe.

Und ich will getreulich nachthun.

Strick.

Nur das bitte ich, daß wir umsonst mittrinken dürfen.

Robert.

Euer soll schon gedacht werden.

Zweiter Auftritt.

Die gräflichen Gäste Vexante und Acute zu den Vorigen.

Vexante.

Sieh da Herr Hofrath, ist er schon auf dem Theatro? Ich freue mich auf eine Lust, dergleichen nicht alle Tage genossen wird.

Robert.

Ich habe gleichfalls gute Hoffnung, es werde wohl anzusehn sein. Denn was uns vergnügen soll, muß entweder haupt=gut oder haupt=schlimm sein. Aber hier werden Sie nicht bleiben; die hohen Zuschauer sollen dort ihren Platz haben.

Vexante.

Die Andern mögen bleiben wo sie wollen. Wir beide wollen uns hier einquartieren, um desto freier lachen zu können.

Robert.

Nach Ihrem Gefallen.

(Sie setzen sich einander gegenüber an das äußerste Theater, damit die Spectatores ihre Reden und alle Judicia deutlich hören können. Die innerste Scene eröffnet sich, da die Gäste sitzen; zwei Knaben halten Fackeln, die andern Lichter sind ausgelöscht.)

Robert.

Wo bleiben nun die langsamen Kerle?

Cursi (der Kanzlei=Diener, kömmt.)

Die Comödianten lassen gar schön bitten, es möchten doch die Lichter ausgelöscht werden.

Acute.

Sie wollen gewiß ein Nacht=Stückchen prä= sentiren?

Robert.

Es ist gut, weil zwei Leuchter dabei sind, so wollen sie die Ehre der Erleuchtung allein haben. Fort, ihr Jungen, trollet euch mit den Fackeln zum Saale hinaus.

(Die Fackeln werden abgetragen.)

Dritter Auftritt.

Die Spielleute kommen vorher, die Personen folgen in ihrer Ordnung. Schnips ist der Bund, Runks ist des alten Tobiae Nachtreter.

Dexante.

Der Comödiant hat gewiß in England oder Frankreich die Kleider=Kammer erbrochen, denn ein solcher Zierrath ist an keinem deutschen Hofe anzutreffen.

Acute.

Es wundert mich nur, wie die unvernünftigen Thiere so leicht zu ihren Kleidern gekommen sind.

Bonifacius.

Nun ihr Bursche, geht Alle hinaus, bis die Zeit kömmt, da ihr zu agiren habt. Aber ihr

Herren Musikanten tretet in diesen Winkel, und wenn ich die Zunge zum Halse herausstrecke, so fanget an zu fiedeln; das soll euer Zeichen sein.

(Zu Melcher, dem Leuchter.) Herr Amts=Bruder, tretet dort hin, es muß auf beiden Seiten lichte sein.

Melcher (der Leuchter.)

Wenn ich mich aber herumkehre, so wird mein Kleid verrathen.

Acute.

Das ist eine Rarität von einem haushälterischen Kleide!

Vexante.

Den Fleck auf den Hosen hat er gewiß seiner Eheliebsten zu danken; denn er ist sehr zierlich eingeflickt.

Acute.

Ich hätte nicht gedacht, daß grau auf schwarz ein so artiges Aussehn gebe.

Bonifacius.

Nun nehmet euch nur in Acht, denn ich werde meinen Prologum anfangen.

Melcher, (der Leuchter.)

Wann soll ich aber reden?

Bonifacius.

Hab ich's doch gesagt, ihr sollet das Echo sein. Wenn ich rede, so müßt ihr mir nachschnappen; ihr seid ja ein Cantor und werdet schon wissen, wie man nach dem Tacte reden soll.

Melcher.

So wollte ich, der Baß-Fiedler gäbe mir mit
dem Fiedelbogen den Tact dazu.

Bonifacius.

Nun stille! Das ist die größte Sau, wenn die
Herren warten müssen.

*[Vexante.

Die Leute meinen, was sie außer ihrer vor-
geschriebenen Comödie reden, das höre kein Mensch.

Bonifacius (beginnt den Prolog.)

Ihr Herren gute Nacht, wird euch die Zeit was
lang?

Melcher.

Großen Dank.

Bonifacius.

Seht uns gar freundlich zu, ihr hochgebornen
Herrn.

Melcher.

Gar gern.

[Vexante.

Das ist ein possierliches Echo.

[Acute.

Wer hat ihm doch die Vollmacht gegeben, daß
der Stümper mit seinem Echo in unserm Namen
antworten soll?

---

* Um die Zwischenreden der zuschauenden Personen von dem
andern Text besser zu unterscheiden, habe ich dieselben, so lange
das Spiel dauert mit Klammern — [— bezeichnet. Die Recitation
des Stückes von „Tobias" ist schon durch die Versform von den
andern Reden der spielenden Personen unterschieden.   R. G.

Bonifacius (fährt fort.)

Und bleibet uns sehr gut, ihr Jungfern tugend-
reich.

Melcher.

Alle zugleich.

Bonifacius.

Wir bringen euch da mit ein lustig Freudenspiel.

Melcher.

Wie man will.

Bonifacius.

Soll — (stockt) soll — soll —

[Vexante.

Soll das die erste Sau in diesem Spiele sein?

[Acute.

Es trifft ein.

Bonifacius.

Je daß dich! Der Vers wäre mir bald aus-
gefallen. So geht's, wenn man nicht alles aus
seinem Kopf geschrieben hat.

Melcher.

Darauf kann ich kein Echo machen.

Bonifacius (sieht in das Buch.)

Soll aber unsre Kunst bei euch verachtet sein?

Melcher.

Ach ja.

Bonifacius.

Reimt sich das?! In meinem Buche steht: ach
nein.

[Defante.

Der mit dem geflickten Kleide redet wider das Buch, aber nicht wider die Vernunft. Ich sagte selber: ach ja! Und wenn der Reim tausendmal verderben sollte.

Bonifacius.

Der alt' Tobias kömmt; ach schätzt ihn nicht gering.

Melcher.

Das Wunder=Ding.

Bonifacius.

Ein Vogel wohnt im Nest, der eine Schwalbe heißt.

Melcher.

Und ihn besch — —
wie war's doch, Herr Amtsbruder?

Bonifacius.

Und ihn beschmeißt.

Melcher.

Ja so.

Bonifacius.

So wird sein Auge blind, und schmerzt ihn trefflich arg.

Melcher.

Und sieht nicht einen Quark.

Bonifacius.

Doch lernt er wieder sehn, damit wird Alles gut.

Melcher.

Drum seid nur wohlgemuth.

Bonifacius.

Schenkt nur am Ende was, vor Menschen und
vor Thiere.

Melcher.

Zu Kuchen und zu Biere.

[Vexante.

Vor Menschen und Thiere: Also der Hund,
die Schwalbe und die Ziege werden mitsaufen
wollen.

Fünfter Auftritt.

Die Vorigen. Detlef Ziegenschwanz und Ale=
xander Wunderlich, kommen als singende Schäfer.

Lyre, (Musikant, zu seinen Collegen.)

Der Kirchenschreiber steckt die Zunge heraus;
wir sollen gewiß fiedeln. Herr College mit der
Baßgeige, gebt die Inception.

Detlef und Alexander (treten einander gegenüber).

Detlef. Woher kömmt dieses Glücke?

Alex. Woher die schönen Blicke?

Detlef u. Alex. Auf diesen Herren=Saal.

Detlef. Ihr Herren seid uns günstig.

Alex. Ihr Weiber, liebt uns brünstig.

Detlef u. Alex. Das ist das erstemal.

Detlef. Gefallen euch die Lieder?

Alex. So kommen wir wohl wieder.

Detlef u. Alex. Wir dienen allezeit.

Detlef. Wollt ihr die Gunst abbilden?

Alex. So gebt uns welche Gülden.

Detlef u. Alex. Zu unsrer Fröhlichkeit.

[Vexante.

Dem armen Schmaruzer mag es um die Fröh=
lichkeit mehr zu thun sein, als um die Comödie.

[Acute.

Ich dachte, er würde sich mit achtzehn Pfen=
nigen abspeisen lassen: so schwazt er von etlichen
Gülden.

Bonifacius.

Nun ihr Schäfer, was habt ihr vor Maul=
affen feil? Wißt ihr nicht, wo ihr hingehöret?
(Reißt Alexander beim Aermel.) Schert euch zum Ele=
mente vom Platze. Denkt ihr, daß der König von
Ninive ein Bärenhäuter ist, daß ihm ein lumpiger
Schäfer soll im Wege stehn?

Alexander.

Ich will gehorsam sein. Aber wann wir das
Comödien=Geld vertrinken, so will ich fragen, wer
mich am Arm gezwickt hat.

Sechster Auftritt.

Die Vorigen. Grolmus, hernach Marcolphus.

Grolmus.

Wann soll ich reden?

Bonifacius.

Wann wir eine Sau bedürfen.

Grolmus.

So will ich schweigen.

Bonifacius.

So wird die Sau gedoppelt.

Grolmus.

Das ist gut. Wir zanken uns dann nicht um die große Wurst, ein Jeder behält eine.

[Vexante.

Wenn ich Comödien=Director wäre, so ließe ich mir so nicht antworten.

Bonifacius.

Ich werde es auch am längsten gelitten haben. Zum Element, saget her, was euch vorgeschrieben ist, oder ich schmeiße euch den Leuchter ins Facios.

Grolmus.

Ja, nun verstehe ich's, daß ich anfangen soll:

Glück zu, wem ist das Ding bekannt?
Ein leiblich Mensch, der spielt die Wand.
Und steht so feste, wie ihr schaut,
Als wär's mit Fleiß also gebaut.
Doch daß ihr wisset, wer ich bin,
So red ich, darnach tret ich hin.
Ich häng die Teppich' in die Höh,
Weil der König zu Ninive
Gar bald will treten in das Haus:
Drum putz ich dieses Zimmer aus.

[Vexante.

Eine artige Wand, die sich selber putzt.

[Acute.

Und eine kluge Wand, die ihren Putz selber recommendiren kann.

Marcolphus (tritt vor).

[Vexante.

Herr Kirchschreiber, was ist dieses?

Bonifacius.

Es ist die Bank; hört nur, was vor tröst=
liche Sachen herauskommen.

Marcolphus (redet sehr geschwind).

Weil ich die Bank agiren soll,
So gefällt mir das Wesen wohl:
Denn wer mir will ein Bein zerbrechen,
Den kann ich in den Rücken stechen.

Bonifacius (ruft während dem Reden).

Langsam, langsam.

Marcolphus (sehr langsam).

Den Teppich hab — ich — umgenommen —
Weil — der — König — soll — zu — uns — kommen.

Melcher.

Geschwinder, geschwinder.

Marcolphus (sehr geschwind.)

Doch daß mir niemand den Kopf zerdrückt,
Hab ich mich wohl darauf geschickt.

Bonifacius.

Langsam, langsam.

Marcolphus.

Der — Weiber — Stuhl — von — guter — Art —
Mein — zartes — Haus — gar — wohl — verwahrt.

Melcher.

Geschwinder, geschwinder.

Marcolphus.

Einer will's langsam, der andre geschwinde
haben: Da soll ich mit Ochsen und da mit Pfer=

den fahren. Ich will endlich bei meiner Arbeit bleiben, wie ich thue, wenn mir die Leiter in der Feuermauer in Stücken geht.

> Nun leg ich mich als wie der Blitz,
> Und bin an dieser Wand ein Sitz.
> Darauf mein Herr Tobias kann
> Essen, trinken, schlafen gahn.

(Er legt sich.)

Siebenter Auftritt.

Die Vorigen. Schnips, hernach Pancratius.

[Acute.

Die Bank muß trefflich warten, ehe sich ein Patron findet, der sitzen will.

[Vexante.

Herr Kirchenschreiber! Steckt doch die Zunge heraus, daß die Musikanten was aufspielen. Sonst kömmt es gar flegelhaftig, wenn die Leute nichts zu sehn und zu hören haben.

Bonifacius.

Meine Comödie ist nicht Schuld daran, da steht von keinem Warten. Ich muß nur sehn, wo ich einen andern Leuchter kriege, damit ich die Personen zurechte bringe.

[Acute.

Es ist auch eine richtige Sau vor einen Meister wie ihr seid, daß er keinen bestellt, der Achtung auf die Kerle giebt, wie sie sollen aufgerufen werden.

Bonifacius.

Es ist ein Versehen; wer hätte das gemeinet, daß man bei einer Comödie so viel Augen und so viel Köpfe bedürfe?

Schnips.

Herr Kirchschreiber, sie lassen fragen, wer kommen soll?

Bonifacius.

Die Sau soll kommen, wo eine da ist. Sprich, Alexander der Schäfer soll was zu thun kriegen.

Schnips.

Der ist nicht da. Der alte Tobias hat seinen Bierkrug zerbrochen, darin er dem König zu Ninive will eine Ehre anthun. Nun läuft Herr Alex im Dorfe von Haus zu Hause, und will ein ander Gefäße borgen.

[Verante.

Es thäte Noth, ihr hättet in der Comödie eine Person gemacht, die den Krug agirte; die hätte sich so bald nicht zerbrechen lassen.

Bonifacius.

So sprich, der andre Schäfer soll da sein. Ich will ihm was ehrliches zu thun geben.

Schnips.

Der ist auch nicht da; er lief mit dem Kerbholz in den Kretschen, damit der Krug wieder gefüllt würde.

Bonifacius.

Ich will dir ein Kerbholz anstreichen. Gehe

und bringe den erſten, der da iſt. Die ehrlichen
Leute da ſind gleichwohl keine Hundsfötter, daß
ſie vergebens warten ſollen.

Pancratius.

Soll ich was?

Bonifacius.

Du biſt gleich derſelbe, den ich meine. Ein
Narr hat dich gerufen.

Pancratius.

So gehe ich wieder.

Bonifacius.

Nein, bleib da und ſetze den Leuchter auf den
Kopf, bis ich wiederkomme.

Pancratius.

Was habe ich aber dabei zu reden?

Bonifacius.

Wann das Reden wird an dich kommen, ſo
will ich ſchon wieder da ſein.

Pancratius.

Sehet auch, ob ſich der Leuchter auf meinen
Kopf ſchicken will.

Bonifacius.

Wir müſſen's machen, wie es angehet. Doch
ihr Herren, heißt mich einen Stümper, wo es nicht
beſſer werden ſoll.

Achter Auftritt.

Die Vorigen. Steffen, Veit.

[Acute.

Sieh doch an das ſchöne Paar, möchte man
ſingen.

Steffen (als alter Tobias).

Hör an, du meine liebe Frau,
Es ist nun fünfzig Jahr genau,
So haben wir einander gefreit
In Zucht und Ehren allezeit.
Nun haben wir ein schlechtes Häuslein,
Da sprechen wenig Herren ein.
Doch nimmt mich's armen Mann gar Wunder,
Daß der König zu Ninive jetzunder
Will mir zusprechen in meinem Haus:
Mein herzliebe Frau, die Sache sieht mir sehr
                            wunderlich aus.

[Vexante.

Der Vers ist in einem Raupen=Nest jung ge=
worden, er hat viel Beine.

[Acute.

Es ist Wunder, weil er so viel Füße hat, daß
er dem Comödianten nicht vom Papiere wegge=
laufen.

Veit (als des Tobias Hausfrau).

Ich weiß gar nicht, mein lieber Mann,
Was wir dem König haben gemacht,
Daß er uns so eine Ehre thut;
Er ist den Juden sonst nicht grüne.
Hätt ich's gewußt vor einer Stunden,
Ich hätt eine bessere Schürze vorgeknüpft.
Doch will er nicht vorlieb nehmen,
So werden wir uns auch nicht bekümmern.

[Vexante.

Herr Bonifacius, die Verse werden verderbet.

Wenn es kein Frauenzimmer wäre, so kriegte sie
gewiß Maulschellen.

Bonifacius.

Die Narren wollen's besser machen. Aber ich
will es im Drucke dem geliebten Leser zu Gefallen
schon zu ändern wissen.

Steffen.

Habt ihr nicht schon geholet Bier,
Etwan ein Kannen oder vier.

[Acute.

Zu Ninive haben sie auch Bier getrunken.

[Verante.

Bruder, man muß sie verstehen: Es ist Ninive
in Deutschland.

Veit.

Da sitzt mir's Geld, ich näh und spinne,
Und wenn ich einen Pfeng erwerbe,
So krieg ich so ein loses Wort,
Und alles geht zum Henker weg.

Steffen.

Ich will es haben, ich bin Mann,
Seht mich vor euern Herren an,
Den ihr so wenig als ihr wollt,
In allen Dingen gehorchen sollt,
Wie dorten der Apostel spricht,
Drum schimpfet mich bei Leibe nicht.

[Verante.

Der alte Tobias muß in der Apostel Schriften
sehr belesen sein.

[Acute.

Er gehöret gewiß unter die Juden, welche zweihundert Jahre vor Christi Geburt das neue Testament in einem Felsen gefunden, und sich dahero taufen lassen.

[Verante.

Es begegnet wohl klugen Comödianten, daß sie die Patriarchen von dem Chrysostomo, und die Cananiter von den wendischen Bauern reden lassen.

Veit. Ich mein's nicht böse, lieber Mann.

Steff. So bringe mir den Krug heran.

Veit. Der König trinkt das Bier gern frisch.

Steff. Du Rabenaas, so bring es risch.

[Verante.

Das wird mir Niemand beweisen, daß der alte Tobias seine Frau ein Rabenaas geheißen hat.

Bonifacius.

Ich habe es nicht also vorgeschrieben. In meinem Buche heißt es: du loses Kind, so bring es risch.

Veit.

Also darf ich's nicht leiden, daß ich vor allen Leuten ein Rabenaas geheißen werde.

Steffen.

Nu nu, ich habe mich versprochen.

Veit.

Daran habe ich nicht genug. Ein Schelm hat sich versprochen. Ein Rabenaas gehört auf den Schinder-Plan, und da bin ich viel zu gut darzu.

Steffen.

Heiß mich einen Schelmen, wie du willt; des=
wegen will ich doch meinen halben Thaler aus der
Kirche kriegen.

Veit.

Willst du nicht danach fragen, so habe ich einen
Schelmen mit Ohrfeigen verbrämt, der soll dir bes=
ser in dem Kopfe brummen.

Neunter Auftritt.

Die Vorigen. Nicodemus.

Nicodemus (als der junge Tobias).

Zum St. Velten, ihr sollet Vater und Mutter
bedeuten. Wo ihr nicht Frieden haltet, so kommt
der Herr Kirchschreiber, und reißet euch von ein=
ander.

Veit.

Du bist in dem Spiele mein Sohn, und ich
bin deine Mutter.

Nicodemus.

O du Narr, wann hab ich die Schweine mit
dir gehütet? Halt das Maul, oder ich helfe mei=
nem Vater.

Veit.

So hilf ihm doch, du Holz=Jubilirer. Ich will
sehn, ob es die Obrigkeit gut sprechen wird, daß
ich ein Rabenaas soll in den Leib fressen.

(Sie fallen über einander und schlagen sich.)

Bonifacius.

O wie vielfältig ist die Sau! Haltet Frieden,

sonst verunruhigt ihr den lieben Herrn Tobias in seinem Grabe.

(Bonifacius kömmt in das Gedränge und bekömmt sein Theil Schläge auch davon.)

Pancratius.

Ich wollte dem Vater gerne beistehn; es ist nur um die Lichter, sie möchten zerbrechen.

Melcher.

Ich hätte meinen Leuchter gern dazwischen geworfen; aber man fürchtet sich des Schadens.

[Vexante.

Das ist ein elender Comödiante, der sich von seinen Untergebenen so in das Handgemenge bringen läßt.

[Acute.

Nun sind alle wohl entschuldiget, wenn sie gleich ihre Zettel verloren oder vergessen haben.

[Vexante.

Wo sie den Mangel mit solchen Zwischenspielen ersetzen wollen, so wollen wir fünfzig Schweine ohne Zoll passiren lassen.

Bonifacius.

Auf auf, vertraget euch. Der König von Ninive steht schon an der Thüre. Wo er's siehet, so lässet er Hamans Galgen fünfzig Ellen hoch wieder bauen.

(Sie schicken sich wieder zu rechte.)

Nicodemus.

Darf ich meine Person gleichwohl reden?

Bonifacius.

Wir wollen's anfangen, wo wir's gelassen haben.

Nicodemus.

Herr Vater, liebes Mütterlein,
Ihr müsset doch glückselig sein.
Ihr liebt einander immer fort,
Da höret man kein hartes Wort.
Da ist kein Streit, kein großer Zank,
Ach, habt vor das Exempel Dank.

[Vexante.

Ein schönes Exempel war's!

[Acute.

Stille, der König kömmt mit seinem Scepter,
den er aus einer Rockenstube gestohlen oder ge=
borgt hat.

Zehnter Auftritt.

Die Vorigen und Merten (als König zu Ninive.)

Merten.

Ich bin — ich bin — bin keine gute Saat fürwahr,
Sondern ein Unkraut ganz und gar.
Ei ei, ich komme gewiß nicht recht an. Es heißt
ja so:
Ich bin — ich bin —

Bonifacius (schreit hinter der Scene.)

Ich bin der König!

Merten.

Sieh sieh, hatt' ich doch nicht auf meinen
Scepter gesehn.

Ich bin zu Ninive der König,
Meines Gleichen findt man wenig.
Ich bin besser als Carolus Quintus
Besser als Maximilianus Primus,
Besser als Alexander,
Besser als Heinrich d'r Ander
Besser als Diocletian,
Stärker als der Schweppermann.
Muthiger als Curtzivolz,
Darum bin ich auch so stolz.

[Acute.

Herr Bonifacius, habe ich doch nicht gehört,
daß der König zu Ninive mit so viel vornehmen
Leuten ist bekannt gewesen.

Bonifacius.

Ich habe die Comödie nicht gemacht, daß ich
allen Narren will Rechenschaft geben. Wer es
besser kann, der trete auf den Platz.

[Vexante.

Der Herr Commendante ist unleidlich. Man
muß es seinen Amtsverrichtungen zuschreiben.

Steffen.

Ach seid willkommen, großer Herr,
Eure Ankunft erfreut mich sehr.
Sitzt nieder dorten oder hier,
Und versucht doch ein Kännchen Bier.

Merten.

Lieber, getreuer, ihr bemüht euch sehr,
Doch wo habt ihr eure Haus-Ehr?

Steffen.

Sie holt nur eine Buschel-Mütze,
Er sei gebeten, der Herr sitze.

Veit (des Tobias Weib, kommt dazu).

Willkommen, Ihre Herrlichkeit.
Ich erfreue mich seiner Gesundheit.

Merten.

Meine Frau, sie habe großen Dank,
Sie setze sich nieder auf die Bank.

Steffen.

Sie mag stehen, es ist gut genung.
Dem Herren einen freundlichen Trunk.

[Verante.

Wo es lange währet, so trinken sie Brüder=
schaft auf den Knieen.

Merten.

Ich trinke sonst mehr Biers als Weins,
Doch auf Gesundheit eures Söhneleins.

Nicodemus.

Ich bedanke mich gar hübsch und fein.
Es soll des Herrn Königs Gesundheit sein.
(Merten säuft den Krug ganz aus.)

[Acute.

Der König muß in einem Bierlande geboren
sein, denn er kann im Biere kein Gelenke treffen*).

---

*) „Im Bier kein Gelenk" treffen, d. h. keinen Absatz oder
Halt-Punkt finden, scheint eine sprichwörtliche Redensart gewesen
zu sein.

[Vexante.

Die Gesundheit des lieben Söhnleins ist ihm
so angenehm.

Merten.

Wie ist es denn, als wenn ich meinen Zettel in
dem Kruge vergessen hätte.

Bonifacius (ruft).

Nun höret —!

Merten.

Ich höre nichts.

Bonifacius.

Nun höret zu! (Kommt heraus und schlägt Pancratius hinter die Ohren.) Du Flegel, kannst du nicht
hören, was ich sage, und kannst du dem Könige
nicht einhelfen?

Pancratius (schmeißt den Leuchter hin, daß die Lichter ab-
springen).

Wollet ihr einen Leuchter haben, so schafft euch
einen. In meiner Person steht nichts, daß ich soll
Ohrfeigen kriegen.

Bonifacius.

In meinem Zettel stund's auch nicht, daß ich
mich zwischen Eheleute mengen sollte; und dennoch,
als ich Amts wegen was thun wollte, waren die
Maulschellen sehr wichtig. Aber ei, ei, der Leuchter
ist zu Schanden, und die Comödie ist noch nicht halb.

Merten.

Ich will wohl warten, bis ihr einen Leuchter
machen laßt.

Bonifacius.

Redet zum Element fort, daß wir davon
kommen! (Geht zurück.)

Merten.

Nun höret zu, und schweiget still,
Weil ich was Großes haben will.
Ich lasse mir berichten frei,
Daß mancher Jude trotzig sei,
Und lasse die Todten begraben,
Die wir mit Recht erschlagen haben.
Nun geht das wider den Befehl
Und ist ein Schand bei meiner Seel.
Drum lasset euch erinnern wohl,
Ich sage, daß er henken soll,
Den ich ertappe zu der Stund.
Nun guten Tag und lebt gesund.

(Geht ab.)

[Verante.

Der König ersparet viel Diener-Besoldungen,
denn er geht zu den Leuten, und publiciret die
Befehle selber.

Steffen.

O weh, das war ein hartes Wort.

Veit.

Warum sündigt ihr immer fort?

Steffen.

Ich thu es aus gutem Gewissen.

Veit.

Davor werdet ihr henken müssen.

Nicodemus (kömmt.)
Mein Vater, es ist auf der Gassen
Ein todter Mann allein gelassen.

Steffen.
Auf auf, ich muß ihn heimlich stehlen.

Nicodemus.
Denkt, was der König that befehlen.

Steffen.
Wer wird mich flugs bei ihm verrathen?
Es sind doch keine böse Thaten.

(Sie gehen ab.)

Elfter Auftritt.

Die Vorigen. Fabian und Bonifacius kommen
zankend.

Fabian.
Ich kann fremde Sachen nicht auswendig lernen.

[Vexante.
Was giebt es vor einen Zank?

Bonifacius.
Da hat ein Kerl meine Verse verachtet, weil
nicht Latein genung drinnen ist, und hat mir zum
Possen was anders gemacht.

[Vexante.
Der Schimpf ist groß. Aber doch, eine neue
Sau zu verhüten, so mag der gute Mann seine
Verse hören lassen.

Bonifacius.

Können's die Herren leiden, daß sich der Stylus
verändert, so bin ich's zufrieden.

[Acute (zu Fabian).

Was seid ihr aber im Stück?

Fabian.

Ich bin die Leiche.

[Acute.

Hat dieselbe auch zu reden?

Fabian.

Die Invention ist des Herrn Kirchschreibers,
Reliqua ego feci.

Ihr Spectatores, bona dies,
Wer todt ist, diesem fehlt die Quies,
Nisi habeat justa solennia,
So lebt er im Tode in miseria.
Ist Niemand, der mich begraben will?
Ich bin ein desinens in Il.
Da heißt es, Vocativo caret,
Drum werd ich auf die Letzt gesparet.
Bis ich noch bin Esca corvorum,
Usque in secula seculorum;
Ach käm nur mein Herr Tobias,
Ich weiß, er thäte bei mir was,
Begrübe mich, und säng also
Ein kläglich Ecce quomodo.

Bonifacius (ruft heraus).

Legt euch nieder! Ihr müßt nicht vergessen,
daß ihr die Leiche seid.

[Pexante.
Der Kerl hat gewiß die Begräbniffe im Mor-
genlande gefehn, da fie die Leute an eine Mauer
lehnen.

Zwölfter Auftritt.

Die Vorigen. Steffen.

Steffen.

Ihr, Herr Melcher mit dem Leuchter, ihr möch=
tet wohl weggehn, es foll jetzt Nacht fein.

Melcher.

Als wenn man in der Nacht keine Leuchter
bedürfe.

Steffen.

Euer Licht foll aber den Sonnenfchein bedeuten.

Melcher.

So will ich jetzt der Mond werden.

Steffen.

Herr Tobias hat feine Todten im Finftern be=
graben. Wo ihr nicht weggeht, fieht's der König,
und ich werde gehangen.

Melcher.

So fo, ich laffe mich weifen.   (Geht ab.)

Steffen.

Wo foll ich nun den Körper finden?
Liegt er vorne oder hinten?
Ach guter Freund, lieget ihr da,
Ihr feid doch todt, ift's wahr?

Fabian.

Ach Ja.

Steffen.

Ihr sollet bald begraben sein.
Oder wollt ihr da liegen?

Fabian.

Nein.

Steffen.

So nehm ich euch nun auf den Rücken,
Doch dürfet ihr mich nicht sehr drücken.

Ach, Herr Fabian, ich kann euch nicht tragen;
kriecht nur sachte hin, so mögen die Leute denken,
als hätte ich euch geschleppt. —

Fabian.

Was? Ich bin kein Schind=Aas, daß ich mich
soll schleppen laffen. Wer mich nicht tragen will,
der laffe mich liegen.

Steffen.

Ihr sehet aber meine Unmöglichkeit.

Fabian.

Es steht da geschrieben: Einer soll den Andern
tragen.

Steffen.

Aber die Schrift sollte dabei sagen: Wo der
Andere kann.

Fabian.

Könnt ihr nicht, so kann ich. (Fabian nimmt Stef=
fen auf den Buckel und läuft davon.)

[Verante.

Die Leiche trägt sich selber zu Grabe.

[Acute.

Nicht allein sich selber, sondern auch der ganze Trauer=Proceß liegt ihm darzu auf dem Buckel.

[Vexante.

Die Comödie präsentirt Wunderdinge. Das weiß ich, daß kein Mensch so viel gesehn hat, als uns heute gewiesen ist.

Dreizehnter Auftritt.

Melcher, Bonifacius, Peter zu den Vorigen.

Melcher.

Ist es nun wieder Tag?

Bonifacius.

Es ist wohl Nacht, aber Tobias wird wohl ein Licht in seinem Hause gehabt haben; und dar= zu müssen die vornehmen Herren sehen können.

Melcher.

So will ich wieder daher treten.

Bonifacius (hat vergeblich die Zunge 'rausgesteckt).

Ihr Musikanten, seht ihr nicht meine Zunge. Laßt euch hören, daß die Schwalbe nicht zur Sau wird.

Die Musikanten (streichen unisono. Peter singt dazu).

Peter (als Schwalbe.)

Hier kömmt die liebe Schwalbe,
Nehmt euch fein wohl in Acht,
Daß ich euch nicht besalbe,
Es ist doch finstre Nacht.

Verwahret euer Angeſicht,
Die Handgranate ſchonet nicht.
(Er ſteigt über die Wand hinauf in das Neſt.)

Acute.

Herr Bonifacius, weil dieſer Actus währet, ſo
wird das Frauenzimmer wohl einen Abtritt nehmen.

Bonifacius.

Wie ſo, mein Herr?

Acute.

Wo es nach der Hiſtorie gehet, ſo iſt ein häß=
lich und ſtinkend Poſſenſpiel noch übrig.

Bonifacius.

Laßt mich doch ungehofmeiſtert. Dem Werke
iſt ſchon abgeholfen, daß wir nichts Garſtiges ſehen,
und nichts Stinkendes riechen werden.

Acute.

Die Schwalbe hat gewiß eine Zibeth=Katze ge=
freſſen, die wird dem lieben Manne ſachte ins Ge=
ſicht fallen.

Bonifacius.

Nein, er hat einen Topf mit ſchwarzem Hol=
lunder=Mus in der Hand, den mag er herunter
ſchmeißen.

Acute.

So wird das ganze Geſicht ſchwarz.

Bonifacius.

Iſt doch die ſchwarze Farbe ein Zeichen der
Blindheit.

[Acute.

Ich bin gefangen. Was will man thun? Ein jedweder Künstler behält in seiner Kunst Recht überlei.

Peter (auf dem Neste).

Wenn ihr dort unten schwatzen wollt, so werde ich meinem Gesange die Pfeife einstecken.

Bonifacius.

Singt fort, wir schweigen schon.

Peter.

Hier sitz ich in dem Neste
So reinlich, wie ich kann.
Kommt her, ihr fremden Gäste
Und seht das Lager an.
Fällt mir ein Quargel in das Haus,
So schmeiß ich's zu dem Fenster 'naus.

(Peter schmeißt den Topf herunter und trifft Marcolphus, die Bank.)

Bonifacius.

Ei ei, da ist was ausgelassen, Tobias soll noch kommen. Die Bank wird wohl von dem Wurfe nicht verblinden.

Marcolphus (steht auf).

Wer hat mich zu werfen? Ich heiße den einen Schelmen.

Peter.

Du beruster Schinkendieb, hab ich's gerne gethan?

Marcolphus.

Was? Wo habe ich Schinken gestohlen? Ich kehre die Feuermauern als ein ehrlicher Mann.

Aber wenn ich dich einen Kartenmacher heiße, so wissen alle Leute, in was vor eine Zunft du gehörest.

Peter.

Was frage ich nach einem Narren, der unten stehet? Ich bin doch besser, denn ich bin höher.

(Singt) Ich bleibe dennoch eine Schwalbe,
Ach weh dir, wo ich dich besalbe.

Marcolphus.

Was? Willst du höher sein? Ich will dich niedriger machen.

Grolmus (die Wand).

Au au! Wo ihr Händel anfangt, so geht mein Zierrath über den Haufen.

Marcolphus.

Was frage ich danach! 'runter mit dem Kartenmacher, ich will ihm den Kopf zerdrücken, als einer Schwalbe.

Peter.

Ich muß auch darbei sein. Du schwarzer Vogel, geh, und wetze den Schnabel an dem Galgen.

Marcolphus.

Der Worte halben mußt du von dem Neste herunter.

(Sie schlagen einander über den Haufen.)

Bonifacius.

Nun ist nicht mehr an eine Sau zu gedenken, sie laufen zu ganzen Schocken auf dem Theatro herum.

Marcolphus (zu Bonifacius).
Was wollt ihr?

Bonifacius.
Ich will Friede machen.

Marcolphus.
So sollt ihr in die Mitte kommen.
(Sie wälzen einander stattlich herum und zerreißen das Nest und die Flederwische, damit die Schwalbe geziert ist, endlich laufen alle mit ihren zerrissenen Sachen davon.)

Bonifacius.
Ach meine Comödie! Ach mein Kopf! Ach mein Biergeld, ach meine Rippen!

Robert.
Pfui! Ist unser gnädigster Herr nun gut gnung, daß er an euren Bauern-Possen seine Verdrießlichkeit haben soll?

Bonifacius.
Ach wie klug sind die Leute, die ein Spiel von sechs Personen auf ihre eigene Hand machen*); so wissen sie doch, daß ihre Adjuvanten nicht zu Schelmen werden.

Robert.
Die Entschuldigung wird euch wenig helfen. Ein Director soll die Leute besser abrichten. Mit

---

*) Der Dichter wollte hiermit wohl auf die Schwierigkeiten hindeuten, die ihm selbst bei seinen Aufführungen daraus erwuchsen, daß er die Stücke, um so viel seiner Schüler dabei zu verwenden, mit einem so großen Personen-Aufwand insceniren mußte.

eurem Plaudern kam die Schwalbe aus dem Ge-
sange, und damit liefen freilich sechsundzwanzig
Schock Schweine auf einmal unserm gnädigsten
Herrn entgegen.

Bonifacius.

Ach wie elend wird mir meine Arbeit bezahlet!

Robert.

Ach wie elend läuft meines gnädigsten Herrn
Freude ab!

Vierzehnter Auftritt.

Die Vorigen. Schnips (der Hund).

Schnips.

Der alte Tobias hat sich mit seiner Frau drinnen geschmissen, und darüber haben sie ihre Zettel
verloren. Sie werden nicht viel Gutes machen.
Aber ich, als der Hund, und der Andere, als die
Ziege, können die Personen auswendig.

Bonifacius.

So kommt nur und macht, was ihr könnt!

Fünfzehnter Auftritt.

Die Vorigen. Pips (des Todtengräbers Sohn).
Kilian und die Trabanten Strick und Lumpe.

Pips (kommt gelaufen, die Andern hinter ihm).

Ach, mein Vater, mein Vater! Ach es geht
ihm doch an sein Leben! Sie haben schon zwei
Prügel an ihm zerschmissen.

Kilian.

Laßt mich zufrieden! Ihr mögt mich stecken und pflöcken, so spiel ich doch nicht mit. Was hab ich von euren Narren-Possen?

Robert (welcher zuvor weggegangen war, kömmt wieder).

Der gnädigste Herr hat befohlen, ihr sollt die Comödie ausmachen, und sollt euch alle vom Platze wegtrollen. *)

Kilian.

O das ist eine fröhliche Zeitung.

Bonifacius.

Meine Freude wird desto schlechter sein. Je-nun, gute Nacht ihr Leute. Ihr Herren Musikan-ten, ihr werdet mir wohl den Gassenhauer dazu machen; steht doch mein Hab und Gut zu Pfande!

(Die mittelste Scene fällt zu und verbirgt die Gäste.)

Verante.

Ihr guten Leute, ihr werdet noch zu einem bessern Possenspiele vorbehalten. (Sie gehen ab.)

---

*) Man muß hiernach annehmen, daß die gräfliche Herrschaft während des ganzen Spiels als anwesend, vielleicht unter den wirklichen Zuschauern, betrachtet wurde. Auch schon vorher war von den anwesenden „Frauenzimmern" und von dem „gnädigsten Herrn", als zuschauender Person, die Rede. Daß am Schlusse des Aktes die Mittel-Scene zufällt, deutet auf die damalige Bühnen-Einrichtung hin, welche noch von den gegen 1600 in Deutschland erschienenen englischen Komödianten eingeführt war.

Vierte Handlung.

(Anm. d. Herausgebers.) In den ersten beiden Auftritten dieses Aktes erscheinen wieder die beiden bösen Weiber mit ihren Söhnen. Sie suchen Bonifacius, um ihn wegen der schlechten Beschäftigung der beiden Jungen in der Posse zur Rede zu stellen. Sie treffen erst des Kirchenschreibers Sohn Pancratius, haben dann einen wüthenden Auftritt mit dem Todtengräber Kilian. In der nächsten (5.) Scene erscheinen Grolnius und Fabian, ebenfalls den Kirchenschreiber suchend, wobei Fabian wieder sein Latein reichlich anbringt. Dann wird ihnen gemeldet, daß die andern Collegen in der Schenke versammelt sind, um einen „Reichstag" zu halten, auf welchem über den Kirchenschreiber beschlossen werden soll. Nun folgt ein Auftritt, der als ein moralisirendes Intermezzo anzusehn ist, indem die beiden gräflichen Räthe Robert und Sieghart über den fraglichen Nutzen solcher groben Possenspiele sich unterhalten:

Vierter Auftritt.

Robert. Sieghart.

Sieghart.

Wie kann sich mein Herr College an solchen Possen delectiren?

Robert.

Und wie kann er sich anders stellen, als er in seinem Herzen bekennet? Es lebet doch kein Mensch auf der Welt, oder zum wenigsten ist unter tausenden kaum einer, der sich nicht durch solche Lustigkeit zur Freude bringen ließe.

Sieghart.

Ich halte es vor eine Anzeigung menschlicher Schwachheit.

6

Robert.

Ich halte es vor eine Arznei des menschlichen Elends.

Sieghart.

Was hat man davon, wenn etliche Stunden mit solchen abgeschmackten Händeln verderbet werden?

Robert.

Das hat man davon, daß man desto freudiger an die zukünftige Arbeit gehet, wenn sich das Gemüthe in leichten und gemeinen Possen erquicket hat.

Sieghart.

Mit eben der Mühe ergößte man sich an tiefsinnigen und wohlgesetzten Erfindungen.

Robert.

Ach nein, wenn ich mir über eine Comödie den Kopf zerbrechen will, so habe ich wohl sonsten eine Arbeit, darbei ich die Kräfte anwenden kann. Es gemahnet mich, wie mit dem Schachspiele, darbei sich mancher den Kopf und das Ingenium mehr verderbet, als wenn er in dem vornehmsten Gerichte sollte Referent sein. Die Lust und die Arbeit müssen unterschieden werden.

Sieghart.

Die Lust soll gleichwohl vernünftig sein; was waren nun die elenden Bauern=Possen?

Robert.

Sind sie nicht zur Genüge belacht worden?

Sieghart.

Man lachte aus Barmherzigkeit, daß ein Mensch so einfältige und ungereimte Sachen vorbringen konnte.

Robert.

So hat uns die Barmherzigkeit eine Lust erwecket.

Sieghart.

Das Spiel hing nirgend an einander, und wenn sich die Connexion weisen sollte, so kam eine Schlägerei dazwischen, bis wir aus dem Spiele vor der Zeit laufen mußten.

Robert.

Wir konnten auf einmal nicht mehr lachen; drum mußten wir nur den Feierabend ankündigen.

Sieghart.

Ich halte indessen davor, es könnten etliche Moralia mit eingeschlossen sein, da man auch mitten in der Kurzweil etwas lernen könnte.

Robert.

Wie soll ich dieses verstehn?

Sieghart.

Ich habe sonst den Bäurischen Macchiavellum gesehn *), da war unter einem geringen Bilde alles vorgestellt, wie man zu Hofe, und sonsten in der Welt einander um das politische Glück zu betrügen pfleget. Allein was vor eine Klugheit habe ich aus

*) „Der Bäurische Macchiavell", eine der frühesten Komödien unseres Dichters, wurde bereits im Februar 1679 in Zittau aufgeführt.

den heutigen Narren-Possen zu nehmen? Oder worin wird der Autor seine Mühe vor der ehrbaren Welt berechnen können, wenn Jemand den abgezielten Nutzen erforschen wollte?

Robert.

Mein Herr College, ich höre geduldig zu. Doch wenn ich antworten soll, so muß ich gleichfalls einen geduldigen Zuhörer haben.

Sieghart.

Ich rede dessentwegen, daß ich will berichtet sein.

Robert.

Das ganze Spiel gehet auf solche Leute, die etwas in der Welt auf sich nehmen, das sie nicht gelernet haben. Und sollte ich nicht in allen Ständen viel Dutzend dergleichen Personen antreffen, die nicht besser wären, als Bonifacius von Bettelrode, oder der Todtengräber von der Eselswiese?

Sieghart.

Es ist aber zu weit gesucht.

Robert.

Man lässet die Leute lachen: so kann man desto empfindlicher am Ende beweisen, wie sie Niemand ausgelachet haben, als sich selbst.

Sieghart.

Auf diese Weise wäre die ganze Welt voll Pickelhäringe*).

---

*) „Pickelhäringe" hat hier die allgemeine Bedeutung: lächerliche Personen oder Narrheiten.

Robert.

Ja wohl; allein dieses ist die menschliche Klug=
heit, wenn Jemand seinen Pickelhäring so verbergen
kann, daß er allezeit vor eine ernste Hauptperson
angesehn wird.

Sieghart.

Ich muß zwar schweigen; aber ehe ich alles
glaube, so muß ich nachdenken.

Robert.

Was bedarf es viel Nachdenkens? Mancher
will musiciren, und kann es nicht; mancher will
fortificiren, und kann es nicht; mancher will Bü=
cher schreiben, und kann es nicht; mancher will re=
gieren, und kann es nicht; mancher will commen=
diren, und kann es nicht; mancher will die Leute
reich, klug, gesund, gelehrt und lustig machen,
und kann es nicht. Sollte nun der Blasebalg=
Treter zu Lemmerswalde keine Collegen mehr
haben?

Sieghart.

Wenn ich aber daran gedenken soll, so dürfen
sich die Lumpen=Kerle nicht alsobald vor ehrlichen
Leuten schlagen.

Robert.

Man examinire nur alle Injurien=Processe, da
viel ehrliche und hohe Personen als Spectatores er=
fordert werden. Wenn die Sache vor eine und
die andere Schmiede kömmt, geben sie nicht so viel
zu lachen, als wenn Meister Grolmus die Schwalbe
aus dem Neste wirft. — Aber was will dieser?

Fünfter Auftritt.

Robert. Sieghart. Curſi.

Curſi.

Mein Herr, ich werde genöthiget, herein zu kommen.

Robert.

Was gehet vor?

Curſi.

Der Kirchſchreiber zu Bettelrode ſchwebet in großer Gefahr, denn ſeine Collegen wollen ihm ſeine Reſidenz ſtürmen, alſo möchte er gerne mit einer demüthigen Klage zuvorkommen.

Robert.

Das ſollen die andern Flegel bleiben laſſen.

Curſi.

Er meinte aber, es möchte beſſer ſein, wenn eine ungeſchehene Sache verboten, als wenn eine geſchehene beſtraft würde.   .

Robert.

Sind ſie noch allhier anzutreffen?

Curſi.

Ja, ſie haben ſich in der Schenke auf ihre eigene Unkoſten eine Grauſamkeit ins Herze ge=ſoffen.

Robert.

Laß ſie alſobald hier erſcheinen, und ſo mag der ehrliche Bonifacius auch darbei ſein.

Curſi.

Es ſoll geſchehen.

Robert.

Sie mögen sich versammeln. Ich will in Zeiten
wiederkommen. (Sie gehen ab.)

Sechster Auftritt.

Nicodemus. Kilian. Hernach Cursi.

Nicodemus.

Ihr müffet dabei sein.

Kilian.

Ich halte, ich soll mich noch einmal auslachen
lassen.

Nicodemus.

Die ganze Compagnie hat es befohlen.

Kilian.

So will ich der ganzen Compagnie nicht ge=
horchen.

Nicodemus.

Können wir dem Kirchschreiber das Haus stür=
men, so werden wir auch den Weg über die Wiesen
hinüber nehmen, und euer Ratten=Nest am Kirch=
hofe niederreißen können.

Kilian.

So versucht es, wenn ihr böse seid. Die Kirche
hat mir die Wohnung bauen lassen. Wollet ihr
an dem Hause zu Kirchenräubern werden, so kom=
met immer an.

Cursi (kömmt dazu).

Wo habt ihr euch hin verlaufen? Man soll
auch solche Leute, wie ihr seid, an allen Ecken

aussuchen. Es ist Befehl da, ihr sollt Augenblickes auf die Canzelei=Stube kommen.

Nicodemus.

Herr, gehet der Befehl uns allein an?

Cursi.

Nein, die Andern sind schon voraus. Wo ihr langsam seid, so möchte eine Stube nach euch schnappen, da es garstig aussieht, und noch übler riecht.

Nicodemus.

So werden wir uns wohl nicht aufhalten.

Kilian.

Aber was habe ich vor Todten zu begraben?

Cursi.

Ich sage, was mir befohlen ist.

Kilian.

Seid ihr so stolz mit eurer Zeitung, so muß mir's wohl ein Herr sagen, der vornehmer ist, als ihr.   (Sie gehen alle ab.)

Siebenter Auftritt.

Robert. Bonifacius.

Bonifacius.

Ich bitte nochmals, er verschone meiner armen Kinder und meiner kranken, gebrechlichen Frau! Wo ich mein Haus soll stürmen lassen, so werde ich zum Bettler und Landläufer.

Robert.

Ihr habt das Eure gethan; ihr sollt deswegen nicht gekränkt werden.

Bonifacius.

Wer könnte aber vor Gewalt?

Robert.

Mein gnädigster Herr, und unsre Canzelei.

Bonifacius.

Ach dürfte ich so viel hoffen, so wäre meine Sache auf gutem Wege.

Robert.

Sie werden gleich hier sein, da will ich sie lassen zur Rechenschaft ziehen.

Bonifacius.

Er mache es nur nicht zu scharf; sie gedenken es mir sonst bei anderer Gelegenheit.

Robert.

Schreibt mir nichts vor. Ich habe längst vor euch alle gesorgt. Eure Schweine sollen euch wohl bezahlet werden.

Bonifacius.

Ach hätte ich den Trost vor einigen Stunden gewußt; wie manches graues Haar an meinem Kopfe wäre etliche Jahre langsamer gekommen.

Robert.

Und wo ihr mit eurem Sohne sonst nirgend hinkönnt, so will ich ihm eine Frau und einen Dienst zu Wege bringen.

Bonifacius (legt sich auf die Erde.)

Ach, vor einem Baume, davon man so viel Schatten kriegt, muß man sich neigen.

Robert.

Steht auf, jetzt werden sich eure Widersacher versammeln, doch mit Schimpf und Spott sollen sie noch eure Hochzeits=Gäste werden.

Bonifacius.

Das heißt: zur glückseligen Stunde Comödien gemacht!

(Gehn ab.)

Achter Auftritt.

Die Comödianten, nebst den Spielleuten,

(setzen sich.)

Veit.

Was werden wir sollen?

Melcher.

Der Bettelrodische Kirchschreiber hat uns ge= wiß verklagt.

Detlef.

Wir wollen auch unsre Noth vorbringen.

Steffen.

Wir wollen alle viel Mauls haben; aber ich denke, wenn die gebietenden Herren kommen, so ist keiner so fix, daß er ein Wort vorbringen kann.

Kilian.

Ich will eher ein Grab machen, als eine solche Predigt, die großen Herren gerecht ist.

Grolmus.

Wenn ich so viele Glocken hätte, als Buch=
staben, so wollte ich endlich ein Complimente zu=
sammen läuten.

Alexander.

Wir haben Gelehrte unter uns, die müssen
ihre Künste sehen lassen.

Nicodemus.

Herr Fabian, was machen wir viel lange
Ermel, wollet ihr reden, wenn die Herren kommen?

Fabian.

Fragt mich nicht, ich hätte mir die Ehre selbst
genommen, Honor est honorantis.

Steffen.

Nur macht's fein scharf. Klaget nur, daß
Bonifacius in des Henkers Küche kömmt.

Fabian.

Steht ihr aber alle für einen Mann, wenn ich
die Klage stattlich arg mache?

Alle zusammen.

Ja ja, wer Bonifacius einen Schelmen heißt,
der ist unser Freund!

Neunter Auftritt.

Die Vorigen. Robert, Sieghart, Bonifacius,
Pancratius.

Robert.

Wer sind die unnützen Flegels=Köpfe, die sich
unterstehen, dies ordentliche Canzelei=Vorgemach
als einen Vorhof der heiligen Justiz zu beschimpfen?

Fabian.

Ach, nun werde ich wohl nicht reden.

Robert.

Sagt her, was euer Geschrei zu bedeuten hat, sonst werde ich häßliche Sprünge anfangen.

Fabian.

Illustrissime, Doctissime, Domine, Compater in mandatis et officiis Gloriosissime —

Robert.

Der Eingang ist weitläufig; redet in meiner Sprache, oder ich hole den Canzelei=Diener.

Fabian.

Ich gebe meine Sachen nunmehr kurz: Pythagoras, der autor scholae Italicae —

Robert.

Was Pythagoras! Der gehöret nicht vor diese Gerichte. Sagt kürzlich, ist nichts mehr, als daß ihr den ehrlichen Mann da an seinem Namen und an seiner Existimation kränken wollt, so wird der gelbe Thurm beim grünen Taubenschlage wenig ledige Nester behalten.

Fabian.

Est nostri fundi Calamitas. Er macht, daß wir nichts vor unsre Comödie kriegen.

Robert.

Das sagt ihm ein leichtfertiger Vogel nach. Und ob ich wohl Befehl habe, euch eine gute Zei=tung zu überbringen, so könnte ich mit gutem Ge=

wiſſen zurücke halten, weil ihr euch gar ſo un=
höflich erwieſen habt.

Fabian.

So werden wir vielleicht gar unrecht ſein be=
richtet worden. Wir denken, Bonifacius hat unſere
Sache verderbet.

Robert.

Ei, was ſoll er verderbet haben. Herr Sieg=
hart, ſagt nur, wer am Verderben ſchuldig iſt.

Sieghart.

Nachdem unſer gnädigſter Herr ein groß Ver=
gnügen an der künſtlichen Comödie empfunden, hat
er alſobald beim Anblick des Tituls reſolviret, 30
alte Schock zu ſpendiren. Weil aber ohne ſeine
Schuld etliche unbändige, ungeſchliffene, Bengel
eine Sau nach der andern auf dem Schauplaße
herumgejagt, ſo iſt Herrn Bonifacius ein Gnaden=
geſchenk von 15 alten Schock dergeſtalt zugeleget
worden, daß er alles vor ſich allein behalten ſoll.

Fabian.
Und wir ſollen nichts bekommen?

Sieghart.
Nach eurem Verdienſte kriegt ihr nichts. Doch
damit ihr ein Zeichen der übrigen unverdienten
Gnade erkennen möget, ſo ſoll Herrn Bonifacii
Sohn allhier nicht zum kurzweiligen ſondern zum
kürzlichen Rathe gemacht, und mit der Kammer=
frau ihren geweſenen Kindermädchen vermählet
werden.

Fabian.

Quid hoc ad nos? Daraus sehen wir schlechte Gnade.

Sieghart.

Laßt mich ausreden. Und also schenken Seine Gnaden auf die Hochzeit: drei Schweine, zwei Viertel Bier, sechs Flaschen Branntwein, einen Scheffel Mehl, einen halben Scheffel Erbsen, zwei Töpfe Sauerkraut, einen Topf Pflaumenmus, ein Säckchen Habergrütze, einen Korb voll Bohnen, gebackene Pilze und gedörrte Heidelbeeren, einen Topf voll Salz, zwei Hosen Butter, sieben Mandeln Käse, drei Pfund Quärge, eine Karpe und eine eingesalzene Forelle. Dieses alles sollen die Herren Comödianten auf die Hochzeit verzehren, und Macht haben, nichts zu schenken.

Alle (zusammen.)

O Gnade, o Gütigkeit, o Reichthum? O lange lebe unser gnädigster Graf und Herr!

Robert.

Aber du, Pancratius, bedankst du dich nicht vor die Ehre?

Pancratius.

Ich schäme mich gar zu sehr, daß die Ehre zu groß auf einmal ist kommen.

Robert.

Sage nur, ob dir das Weiber=nehmen zu zeit= lich kömmt?

Pancratius.

Ach nein, wo ich mich nur in das Amt schicken kann, so will ich wohl zusehn, daß ich meinen

Ehrengang zur Trauung und meinen Bräutigams=
Becher auf der Hochzeit bestreiten kann.

Sieghart (zeigt ihm eine Schrift.)
Gelt, das ist deine Hand?

Pancratius.
Ich habe es geschrieben; ach er gebe mir's
wieder.

Sieghart.
Nein, ich muß solches lesen lassen.

Robert.
Was ist denn da?

Sieghart.
Es ist eine Klage von diesem Junggesellen,
daß er so lange in Erwartung seiner Hochzeit
nachgesetzet wird. Und die hat er verloren; damit
soll er auch an seinem Ehrentage verirt werden.

Robert.
Es muß öffentlich verlesen werden. Meister
Kilian, könnet ihr lesen?

Kilian.
Ich weiß nicht, schreiben kann ich, aber nicht
lateinisch.

Merten.
Ich bin ein Sterngucker, ich werde mich besser
dazu schicken, wo irgend was darbei zu progno=
sticiren ist. Denn aus den Liedern prophezeiet
man von den Poeten.

Robert.

So mag es bei dem Sterngucker bleiben; der
soll das Lied visiren.

Merten (liest das Lied.)

1.

Ich komme schon zu sechzehn Jahren,
Ach Venus sieh mein Elend an,
Soll ich mich denn so lange sparen,
Bis ich im Barte streicheln kann?
Ach, weise mir ein zartes Lamm
Und mache mich zum Bräutigam.

2.

Was soll ich stets zur Jungfer gehen?
Es ist doch weder halb noch ganz:
Da muß ich an der Thüre stehen
Und da versagt sie mir den Tanz.
So werd ich auch mit großer Scham
Noch lange nicht zum Bräutigam.

3.

Wer will mir eine Suppe kochen?
Von wem wird mir der Strumpf geflickt?
Wo wird mir endlich alle Wochen
Ein weißes Hemde hergeschickt?
Wo liegt die Bürste, wo der Kamm?
Ach wär ich nur ein Bräutigam.

4.

Wo krieg ich ein Gerichte Fische?
Wo krieg ich Semmel, Käs und Brod?
Wo hab ich täglich Fleisch zu Tische,
Wo hab ich Bier in meiner Noth?

Drum gieb mir nur ein junges Lamm
Und mache mich zum Bräutigam.

5.

Ich will die Liebste treulich ehren,
  Ich will ihr unterthänig sein.
Sie mag mir alles kühnlich lehren;
  Sie sei das Haupt, ich bin das Bein.
Sie sei die Wurzel, ich der Stamm,
Nur mache mich zum Bräutigam.

6.

Ach, soll ich noch vergebens hoffen?
  Sieh doch, ich bin schon sechszehn Jahr.
Laß mir den Gnaden-Thor-Weg offen,
  Ich schwebe wahrlich in Gefahr:
Und giebst du mir nicht Veniam,
So werd ich doch kein Bräutigam.

Robert.

Ihr Leute, habt ihr an dem Liede was auszusetzen?

Fabian.

Urit mature. Der Mensch wird nicht lange
leben.

Nicodemus.

Wenn er nur seine Frau ernähren kann, so ist
nichts auszusetzen.

Sieghart.

Um das Ernähren sorget unser gnädigster
Herr; der will ihn auf seine Unkosten tränken und
bekosten, beholzen und beleuchten, tischen und

dånken. In Summa: er soll als ein fürzlicher
Rath gar einer fürzlichen Haushaltung vonnöthen
haben.

Robert.

So nehmet nach einander einen höflichen Ab=
tritt, und versäumet die Zeit im Kretschen nicht,
da ihr das Eure genießen sollet.

(Sie geben alle die Hände, bedanken sich und gehen ab.)

Sieghart.

Hochwertheste Zuschauer, es wird finster, und
ich halte davor, ehe es wieder Tag wird, so
möchten die ehrlichen Schlucker nicht Zeit haben,
ihr Gelag zu verlassen. Drum werden sie mit der
wenigen Lust vorlieb nehmen, die Fehler auf einen
guten Ort legen, und der gesammten spielenden
Gesellschaft geneigt und zugethan verbleiben.

Gott helfe nur, daß keine böse Zeit das Land
betrüben, und daß kein Trauren diesen Lust=Platz
verschließen möge. So wird es vielleicht weder an
Personen, noch an Zuschauern ermangeln. Sie
leben gesund, geneigt und fröhlich.

Druck von Breitkopf & Härtel in Leipzig.